徳間文庫

純喫茶トルンカ

しあわせの香り

八木沢里志

徳間書店

目次

午後のショパン

ああ、やっぱりここのコーヒーは美味《おい》しい。

最初のひと口のあと、ソーサーにカップを置く瞬間。いつも自然とため息が出てしまいます。

この味、なんて表現すればいいのでしょう。上品で、まろみがあり、口に含んだときにいろいろな香りがすーっと広がっていく。かといって、味が複雑に絡《から》み合いすぎはしない。しっかりした苦味と酸味があとには残る。その後味が、ああ、これこそがコーヒーだ、という満足感を与えてくれる。

本当にたいしたものだわ。

五つあるテーブル席の、入口から三つ目の席。いつも座るその窓際の席から、カウンター裏で黙々とコーヒーを淹《い》れるマスターの立花《たちばな》さんを眺め、私は思います。これだけ美味しいコーヒーを淹れる秘訣《ひけつ》とはなんなのでしょう。私も自宅でたまにドリップコーヒーを淹れるけれど、同じ豆を使ってもここまでの味わいにはなりません。しかも二十年、ずっと味が変わっていないのだから驚きです。

二十年。

そう、私はこの店に通ってもう二十年になります。いつしか「千代子《ちよこ》ばあちゃん」なんて呼ばれるようになり、それがすっかり定着してしまいました。

喫茶店の名前は、純喫茶トルンカ。少し変わった店名です。

谷中《やなか》銀座商店街の賑《にぎ》やかな通りを折れ、細い路地の一番奥に隠れるように存在する店。うっかり路地に迷い込みでもしない限り、店を見つけるのは困難なほどわかりにくい場所。チョコレートケーキみたいな茶色い三角屋根を頭にいただき、建物の三分の一はびっしりと蔓《つる》に覆《おお》われていて、風情はあるけれど相当に古めかしいです。看板が出ていなければ、あまりにひっそりしているせいで空き家と勘違いしてしまう人もいるかもしれません。

見つけたのは、ほんとうに偶然。私だってそのころはいまのような背筋の曲がったおばあちゃんとは違い、足腰も丈夫だったからしゃんしゃん歩けていました。もっともそのときは散歩というよりは怒りに任せて、目的もなくひたすら歩き回っていただけだったのですが。

私はそのころ、夫の不倫問題でいささか神経がまいってしまっていました。いままでも夫の不貞行為を疑うことは何度もあったけれど、長年、気がつかない振りを続けていました。やさしさからなんぞではありません。ただ、私が心穏やかに暮らすにはそうせざるを得なかったのです。

　だけど、そのときばかりはそれも不可能でした。なにしろ相手の女性がご丁寧に電話して申告してきたのですから。夫がその方にどう話していたのか知りませんが、私は電話越しにすっかり面食らってしまいました。彼女は私に向かって、「あの人をもう解放してやってください」と涙ながらに懇願《こんがん》してきたのです。まったく冗談じゃない。縛り付けた記憶なんて一度もありません。熨斗《のし》をつけてお渡ししますから、どうぞご自由に、というものです。

　あらあら。話が逸《そ》れてしまいました。その件は終わったこと。もう二十年も前の話。

　とにかくその日、私は、どうにも収まりどころのない気持ちを抱えて近所を歩き回っていました。そして偶然出くわしたのが、ここ、トルンカ。生まれも育ちもずっと谷中、この界隈《かいわい》は大抵知っているつもりだったから、こんなところに喫茶店があったのか、とひどく驚かされたのを覚えています。

　いまやすっかり威厳《いげん》にあふれる見かけのマスターも、当時はまだ凛々《りり》しい青年でした。

　対照的に、店のほうは外観も中身もずいぶん古かった。壁はくすんだレンガ色、テーブルもカウンターもなにからなにまでさんざん使い込まれて、淡いランプの明かりの下で飴《あめ》色に光り輝いていました。同じく古ぼけたスピーカーからは、ショパンのピアノ曲がかすかに流れていました。マスターに話を聞くと、老婦人が一人でやっていた喫茶店を引退される際に買い取って、いまの店をはじめたとのこと。なるほど、そういうことなら古かったのも頷《うなず》けるというものです。

私はトルンカの雰囲気とマスターのコーヒーの味に、すっかり魅了されてしまいました。窓際の席に座って、隣の軒先に雀《すずめ》たちが集う平和な路地裏の景色を眺めながら、ゆっくりと時間をかけてコーヒーを飲んでいると、胸のなかで散らかり放題だった気持ちがすんとどこかに心地よくおさまっていくのを感じました。そうしてコーヒーを飲み終えるころには、私は見違えるほど元気になっていました。この先の日々を切り抜けていく力を、そっと差し出してもらったような気分でした。

その日以来、数え切れないほどここでコーヒーを飲みました。いまではその数は何千杯にもなるはず。まだおばさんだったころは週に一度通う程度だったけれど、ここ七、八年はほぼ毎日通っています。なにしろ時間だけは余って仕方がないのです。それこそ若い人たちにわけてあげたいくらいに。

ごちそうさま。

そうして今日もまた、カップの最後の一滴まで飲み干すと、いつものつぶやきが自然に口をつきました。

これで今日一日の、一番の楽しみもおわってしまった。

だけど、美味しい、と思えるのはいい。

美味しいとか、楽しいとか、心躍るとか、そういう感情は大切。年をとると、それがよくわかります。生きる上で、明るい気持ちほど日々の支えになってくれるものもない。

なにしろここ数年は、どうにも感情が希薄になりがち。年を重ねるごとに、はっきりしていた感情の輪郭がぼやけていってしまっている気がするのです。美味しい、楽しい、うれしい。そういう感情がこみ上げてきても、最近ではごく小さなさざ波が胸に広がって、すぐに消えてしまう。

若い頃はまるで違いました。なにか喜ばしいことがあれば、それは大波のように私の心をさらっていったものです。悲しみだって同じ。私は日々の生活の中で荒波にもまれ、もがいて、ときに溺《おぼ》れたりしながら生きてきました。浜辺でぴちゃぴちゃ水遊びをしているかのような、いまとはぜんぜん違ったのです。

そんな私でも。

この店で飲むコーヒーは、あの日から少しも変わりありません。

美味しい。そう心から思えるのは、ありがたいことです。自然と笑顔になれるのは貴重なことです。マスターの淹れてくれるコーヒーは、ささやかな魔法みたい。いまも誰かのコーヒーを真剣な表情で淹れるその姿に、そっと感謝せずにはいられません。

それに、以前マスターに教えてもらった話によると、コーヒーは認知症の予防効果があるのだそうです。カフェインという物質にはそういう効果が含まれているのだとか。実際に、毎日コーヒーを飲む習慣がある人はそうでない人よりも、認知症を発症しにくいというデータが出ているらしい。ほかにも肝臓によかったりストレス軽減の役目があったりと、コーヒーにはたくさんの効能があり、おまけにシミを少なくする効果まであるとマスターは言っていました。良薬は口に苦しと言うけれど、案外コーヒーにもそれは当てはまるのかもしれません。

幸いにも私がいまも大病もなくかくしゃくとしていられるのは、ひょっとしたらトルンカで毎日コーヒーを飲んでいるからかもしれない。そう考えると、目の前の空のカップに向かってこっそりお礼を言いたくもなります。


カランコロンカラン。

カウベルが小気味よく鳴ってドアが開くと、制服姿の女の子が現れ、奥に消えるとすぐに服を着替えてふたたび顔を出しました。

「千代子ばあちゃん、いらっしゃい」

女の子は私のテーブルの前までやってくると、にこやかに微笑《ほほえ》みかけてくれました。私は彼女ににっこりと笑顔を返します。マスターの娘さんの雫《しずく》ちゃんです。

「雫ちゃん、お帰りなさい」

「ただいま」

雫ちゃんはまだ高校二年生ながら、いまじゃすっかりここ、純喫茶トルンカの看板娘です。今日もついさっき学校から戻ってきたばかりなのに、さっそく店に出てきたようです。

私なんてまだ彼女がお母さんのおなかの中にいたころから知っているというのに。時の経《た》つのは本当に早い。

この子を目の前にすると、いつもしみじみした思いになってしまいます。雫ちゃんはあんまり子ども扱いされるのが好きじゃないから口には出さないけれど、ほんとに大きくなった。しかもとびきりいい子に育ちました。私には三人の孫がいて、一番上などはもう社会人ですが、全員いかにも今時のドライな子に育ってしまって、この子の思いやりの深さを見習ってほしいとつい思ってしまいます。

雫ちゃんは小さかったころにお姉さんの菫《すみれ》ちゃんを病気で亡くし、現在はマスターと二人暮らし、お母さんは単身、外国で暮らしています。おそらく胸のうちでは複雑な思いを抱えているだろうに、私たちお客さんの前ではおくびにも出しません。ときどきそんな彼女をぎゅっと抱きしめて、「そんなにがんばらないで」と言ってあげたい衝動に駆られてしまいます。もちろん実際にはしないけれど。こんなおばあさんにそんなことされても、きっと雫ちゃんだって困ってしまうでしょう。

「千代子ばあちゃん、おかわり用意しようか」

雫ちゃんに問われて壁の振り子時計を確認すると、すでに四時を回っています。窓から差し込む夕方の陽射《ひざ》しが、テーブルをそっと琥珀《こはく》色に染めていました。秋の始まりを告げる、すっぽり包み込まれるようなやわらかい夕日。

「いいえ、今日はもうやめておくわ。そろそろ帰らないと」

テーブルの上に広げっぱなしだったかぎ針や毛糸玉を集めながら、私は答えます。ここに来ると、編み物をするのが日課なのです。

「そっか、じゃあお水だけ代えるね」

「ねえ、雫ちゃん」

「うん、なあに？」

「いま、楽しい？」

潑剌《はつらつ》とした若々しさを発する彼女を見ていたら、ついそう訊《たず》ねてみたくなってしまいました。だって彼女はあまりに輝いている。張りのある肌に、明るく弾む声。お父さん譲りの切れ長の瞳は意思的で、常に強い光が宿っています。

「ん？　いまって、トルンカで働いてるいまのこと？」

「そうじゃなくて。いま生きているのがってこと」

「へ？　どしたの、急に」

「いえね、ただなんだか雫ちゃんの若さがまぶしくてね」

私が笑うと、彼女はきょとんとした顔で見てきます。

「えー、でも千代子ばあちゃんにだってそういう時代は当然あったでしょ」

「そりゃあそうだけど。でもそんなの遠い昔だわ」

「あー、でもひとつ、今年の夏はちょっと事件があったよ」

「あら、なあに」

雫ちゃんは、ほかの人には内緒だよ、千代子ばあちゃんだから教えるんだからね、とささやき声で前置きし、私の真向かいに腰掛けました。私にだけだなんてうれしいことを言ってくれる。そう思っていたら、

「わたし、実は好きなひとができたの」

今度はこっちがきょとんとする番でした。それは初恋ということ？　まさか雫ちゃんが。でも考えてみれば、雫ちゃんだってそんな年頃です。むしろいまの子にしては、遅いくら

いなのでしょう。

「まあ。おばあちゃん、びっくりよ」

「うん、でももうふられちゃったけどね」

「あら、どうして？　雫ちゃんみたいな可愛くていい子をふるなんて、その人は一体何を考えてるのかしら。私がとっちめてやろうかしら」

「あはは、ありがとう。でも大丈夫。もう吹っ切れてるから」

「そうなの？」

孫のように可愛がっている私からするとひどく悔しいけれど、雫ちゃん本人がそう言うのなら仕方ありません。それにしても、こんないい子を悲しませたのは一体どこの誰かしら。と思っていると、雫ちゃんに逆に訊ねられてしまいました。

「千代子ばあちゃんの初恋はどんなだったの？」

「え？」

あんまりにも思いがけない雫ちゃんの問いに、私は思わず声をあげてしまいました。もう八十年近くになる私の長き人生において、そんなことを訊ねてきた人はいままで一人もいませんでした。私も自分の初恋がいつだったろう、などと思いをめぐらしてみたことは一度もありません。そんなことを考えてみることに、どんな意味があるのでしょう。

だけど突然、ほんとうに突然、ぱっとひとつの顔が、私の脳裏に鮮やかに浮かびあがってきたのです。

でも、それもほんの一瞬のこと。

気持ちを落ち着けようと氷の浮いたグラスの水を一口飲んだら、あっというまに消えてしまいました。

「どうかしらね。難しい質問だわ」

気を取り直して、そう曖昧《あいまい》に答えました。

「難しい？　どうして？」

「雫ちゃんたちには想像がつかないかもしれないけど、私が小さかったころは自由に人を好きになっていい時代ではなかったのよ。そっと秘めるような恋をしていた女性も確かにいたけど、私はそうね、どうだったかしら。忘れちゃったわ」

「そっか……。そうだよね、戦争中だもんね」

戦争だけがすべてというわけでもありません。時代そのものがそうだったとしか言いようがありません。でもうまく説明できそうにないので、私はただ微笑みました。

「信じられないよ、日本が戦争していて爆弾なんかが空から降ってくる時代があったなんて」

雫ちゃんは心配そうな声で、

「千代子ばあちゃんも空襲にあったことあるの？　怖くなかった？」

と訊ねてきます。

「う～ん、あんまり覚えてないの。なにしろ私はすごく小さくて、小学校にあがる前に戦争は終わっていたしね。父も商売人だったから最後まで兵役を免れられて、よそのお宅とは少し事情が違ったのもあったかもしれない」

「へえ、お父さん無事だったんだね。よかった」

雫ちゃんがほっと安堵《あんど》したように笑みをもらしました。七十年も前のことを話しているんじゃないみたいな反応が面白い。でもその父だって、もうずいぶん前に病気で亡くなっているのです。

「うちの家族はみんな無事。母も姉たちも。私には三人姉がいたんだけど、みんな学徒動員っていってね、学校には行かないでトラクターの製造工場で働いていたの。何度か空襲にあったみたいだけど、どうにか逃げのびられたって。最後の年、東京への空襲がいよいよひどくなって、うちも疎開を考えたようだけど、幸いにもこのあたりは被害が少なくてね。むしろ終戦後の物資不足で、ひもじい思いに耐えなきゃならなかったのが私としては一番辛い思い出ね」

「すごい話だなあ」

雫ちゃんが、ほんとに想像つかない、とため息をつきます。

「千代子ばあちゃんは、ずっとここで育ったんだよね」

「そうよ、生まれも育ちも谷中。嫁いだ先だって、歩いてたった二十分のところだったわ。私が十九歳になったばかりのころよ」

「なんかすごいねえ。千代子ばあちゃんが私と同い年の若いころなんて、うまく想像できないや」

「あらあら。私だって最初からおばあさんだったわけじゃないのよ。セーラー服を着てた時代だってあったのよ」

「うん、それはわかってるんだけどね。ねえ、そうだ、今度写真見せて」

「小さいころの写真はほとんど残ってないのよ。結婚後のならけっこうあるけど」

「そっか、残念」

雫ちゃんとの会話がちょうど途切れた、そのときでした。

ターン、ターン、タタタタタン……。

いままで流れていた曲が終わりを告げ、新しい曲がスピーカーから流れはじめました。

るよう。

小気味よく軽やかなピアノの旋律。その繊細な音色は、まるで風にふわふわと舞ってい

フレデリック・ショパンの練習曲Op．25−1。

またの名を、「エオリアン・ハープ」。

私はたまらず、「あっ」と小さく声をあげそうになり、どうにか押さえ込みました。

さきほど一瞬浮かんだ顔がピアノの調べに誘われるように、再び脳裏に浮かんでくる。

あの、どこか居心地悪そうな、それでいて受け手の心を温かくするような、はにかんだ笑顔。

楡《にれ》の木みたいにすっと背が高く、少し色素の薄い瞳は深い茶色でおそろしく澄んでいた。じっと見つめられると、心の中まで見透かされてしまうようだった。

もう忘れたはず。それこそ、大昔のこと。あの人と私を結びつけるショパンのこの曲だって、トルンカで数え切れぬほど聴いた。ショパンのピアノ曲集が、トルンカではずっとリピートされているのです。来店中にこの曲を耳にすることもそれほど珍しいことではありません。いまではすっかり聴き慣れて、流れていることもほとんど意識しなくなっていたのに。

でもさきほど不意に一瞬浮かび上がった顔が、狙いすましたようなタイミングで流れて

きた曲のせいで、より鮮明になってしまった。ずっとずっと胸の奥に沈めていた想いが突如浮上してきて、私の気持ちはひどく揺らいでしまいました。

動揺する必要なんてない。私は自分に言い聞かせます。もうずっと前に終わってしまったことなのだから。ううん、そうじゃない。終わるどころかはじまりさえしなかった。あの人は私のことなど、少しも気にかけてくれなかったのだから。一度として私をまともに見てくれなかったのだから。

あの人の澄んだ瞳が私を映したことなど、ただの一度もなかったのだから……。

そう思ったら、鼻の奥のほうがつんとしてきました。放っておいたら涙までできそう。こんな感情の起伏は一体いつ以来だろう。そのことに、さらに動揺してしまう。

店の中はまだ、凪のようにやわらかな音楽が流れています。

ここにいたら、危ない。

この音楽を聴いていられない。

あふれ出そうとしてくる感情を、すんでのところで胸の奥の適当な引き出しにしまい込みました。

「さあもう帰らないと。おかしなこと訊いてごめんなさい、またね、雫ちゃん」

実際、いつもならとうに暇《いとま》を告げている時間でした。片付け途中だったテーブル上の編み物道具一式をバッグに詰め、マスターに挨拶して会計を済ませます。このあたりは年の功。いくら胸のうちでは慌てていても、悟られるようなことはありません。

「じゃ、またね、千代子ばあちゃん！」

「千代子さん、いつもありがとうございます」

明るく声をかけてくる雫ちゃんとマスターに、私もしっかり挨拶を返しました。


いつもより足早に、細い路地を抜けました。

なにしろまだ気持ちが収まりません。

一体どうしてしまったのでしょう、私は。いくら思い出の曲を聴いたからといって、タイミングよくあの曲が流れたからといって、ずっと昔のことを唐突に思い出すなんて。

谷中銀座商店街はいつもと変わらぬ賑やかさでした。夕暮れに染まった通りは、今晩のおかずを探す主婦でいっぱいです。小さな子どもの手を引きながら歩くお母さんも多いです。揚げ物やお惣菜《そうざい》のよい匂いがふわんと鼻先をかすめ、その匂いに混じってどこからともなく甘い芳香もわずかに漂ってきます。ああ、これは金木犀《きんもくせい》の香りです。まだ季節には少し早いけど、きっと路地のどこかの庭先で一足早く咲いたのでしょう。

この商店街ができたのは戦後まもなくのこと。まだ戦争の爪あとが残る殺風景な通りに、店が建ち、人が集まり、賑やかさが増していくのを、胸躍る気持ちで見守っていたのを覚えています。時代が流れても、ここの雰囲気はほとんど変わらないまま。まるで昭和の時代から時がとまっているかのよう。穏やかで平和な空気にここら一帯が満ちています。

商店街に続く外灯には早くも明かりが灯《とも》り、ぼんやりとした明かりに包まれたお客さんたちはみな不思議と、幸福で満ち足りた表情を浮かべているように見えます。帰るべき場所があって、待っている人がいる。そんな、顔。

だけど私は家に帰っても一人。誰が待っているというわけでもない。トルンカからの帰りにここを通るとき、時折さみしい気持ちに襲われます。そして今日はその気持ちがいっそう強く、心に吹きつけてきます。

そんな気持ちを追いやろうと足早に商店街を抜けていたら、
おや？

商店街を中程まで来たところで、私はふと足を止めました。

小学生の男の子たちが人混みを縫うように進んでいくその後ろに、知っている顔を見つけたのです。ずんぐりとした体型の、五十代前半くらいの男性。黒のジャケットに、たっぷり幅のあるカーキ色のチノパンを合わせています。

「や、どうも」

私の姿を認めると、彼の方から頭を下げてきました。なんともぶっきらぼうで低い声。やっぱりそうだ、ずいぶんと久しく姿を見かけていなかったけれど。

「あら、お久しぶりねえ。ええっと、お名前はたしか……」

「沼田《ぬまた》です」

そうそう、沼田さん。絢子《あやこ》ちゃんはヒロさんって呼んでいたっけ。

沼田さんは、トルンカに四、五ヶ月前までよく来ていた人です。私とは軽く挨拶をする程度の間柄だったけれど、トルンカの常連客である絢子ちゃんとよく一緒にコーヒーを飲んでいました。

明るく竹を割ったような性格の絢子ちゃんと、むっつりして無愛想な沼田さん。年も違えば性格もまるで違う、一見おかしな組み合わせのようだけど、二人はとても仲良しで、そうしていつも一緒にいるのを見ているうち、まるで本物の親子のように思えてきたものです。だけど沼田さんはある日からぷっつりと現れなくなったのでした。なぜなのか私が事情を知るはずもないけれど、なんとなく察しはつきます。

「いまからトルンカに？」

いつ谷中に戻ってきたのかと私が訊ねると、

「いや、まあ」

沼田さんはなぜだか口ごもります。

「あら、違うの?」

絢子ちゃんはこの先にあるよみせ通りの花屋でアルバイトしながら、絵を描く仕事もしています。今日はまだトルンカにいなかったけど、神出鬼没なあの子のこと。これからふらっと現れるかもしれない。彼が久しぶりにやってきたと知ったら、さぞ喜ぶことでしょう。

「今日は、その、ちょっとまあ……」

沼田さんはいっそう困ったように、もごもごして短く刈り込んだごま塩頭をかいています。なぜだか彼のそんな様子を見ていると、さっきまでの心も和らぎ、笑ってしまいそうになります。

「沼田さん、このへんに来るのもずいぶん久しぶりでしょう? せっかくだから寄っていけばいいのに」

「いや、今日はやはりやめておきます。きっちり身なりを整えてからあそこには行きたいので」

沼田さんの言葉の意味がわからず、私は首をかしげました。

「身なり?」

通行の邪魔になるわけにもいかず、自然と夕やけだんだんの花壇前に並んで腰かけました。そばには、ここいらでよく見かけるトラ柄の野良猫が、くるんと丸くなってうつらうつらしています。

「実はこのあたりに引越してこようと考えていまして。できれば仕事も見つけたい。住まいも定まらず仕事もない身で、トルンカに堂々と行く気にどうにもなれないんです。だから今日はちょっと物件探しに来ただけなんです」

それに、と沼田さんは小さく苦笑してまた頭をかいた。

「まさかこんなにすぐ戻ってこられるとは思わず、ひどく大げさな別れをしてしまったので。それが半年もしないでひょっこり顔を出すというのも、どうにも決まりが悪い。ならばせめて、きちんとしてから、と」

「ずいぶんと律儀な人ねえ。まあとにかく、お体はよくなったのね？」

訊ねると、沼田さんは驚いて私の顔を見ました。

「ご存知だったんですか？」

「この年になると、周りの人のそういうのには敏感になるものなの」

「なるほど」

彼は納得して頷いたけれど、ほんとうのことを言えば、私だけでなく絢子ちゃんもマスターも薄々気がついていたのではないかと思います。気がついているけれど、本人が話そうとしない限り決して訊ねない。そういうやさしさを持ち合わせた人たちなのです。

「ともかくいまは、すっかりいいのね？」

「胸の手術を受けて、どうにか生き延びました。その後の経過も驚くほどよくて、医者には大した回復力だと驚かれましたよ。もっとも大型の爆弾が小型になっただけではあるんですが」

沼田さんはそう言って、商店街の上に広がる秋の空を見上げながら、はっはっはと晴れやかな様子で笑った。

あらまあ。私はそんな彼を無遠慮につい見つめてしまいました。

この人はずいぶん変わった。素っ気ない口調と低い声は変わらないけれど、表情がとても豊かになった。瞳の奥にあった陰鬱《いんうつ》さがなくなった。なにかが完全に吹っ切れた様子。病気がよくなったから、気持ちに整理がついたからなのか。いずれにせよ、いまの彼のほうがずっといい。他を寄せ付けないような鋭い瞳を、正直ちょっと怖いなと思っていた私としては拍子抜けしてしまうほどです。

「絢子は、彼女は元気ですか」

「ええ、あの子はいつだって元気よ」

沼田さんは、ああ、よかった、と心底ほっとしています。

「立花さんやほかのみんなは？」

「ええ。マスターたちもみんな変わらず元気」

私の答えに、沼田さんがとってもうれしそうに目を細めます。どうやら沼田さんにとって、トルンカはよほど大切な場所らしい。

「沼田さんはトルンカがほんとうにお好きなのね」

うれしくなって訊ねると、

「自分はあの場所に救われましたから」

彼はきっぱりと答えます。私が「それはまた、どうして」と不可解そうにすると、ひどく照れた顔になります。でも少しの間を置いて、ぽつぽつとこんな風に話してくれました。

「……俺はずっと自分という人間を許せないで生きてきました。自分を憎みながら、生きてきました。だけどトルンカに行くようになって、そして絢子と接するようになって、ほんの少しだけ自分を許してやることができたんです。不思議です、それは俺にとってなにより難しいことだったんですから」

「そう……」

誰の人生にも、その人なりの物語というものがある。彼の話を聞きながら、私はそんなことを思いました。沼田さんには、沼田さんだけの物語がある。それは私には知りようのないものだし、知る必要のないものなのだろう。だけど私と彼は、トルンカというひとつの場所で繋《つな》がっている。同じ場所に、救われた過去を持つ二人。

「ねえ、沼田さん。私もあなたのこと、ヒロさんってお呼びしてもいいかしら。私のことも千代子ばあちゃんでもなんでも、好きに呼んでちょうだいな」

私がにっこり微笑むと、ヒロさんは、「はあ、まあ」となんともいえない困り顔で笑っていました。


陽ももうだいぶ傾《かたむ》き、空はぼんやりした鶯《うぐいす》色。少し冷たく乾いた風が吹き、さきほどまで花壇のそばにいた猫ももうどこかに行ってしまいました。

あれからすっかり話し込んでしまったようです。

じゃあ、ここで、と別れようとしたら、沼田さん、あらためヒロさんは、遅くなったのは自分のせいだから、と私を送ると申し出てくれました。まさかこの人の口からそんな言葉が飛び出すとはと驚きつつ、ありがたくお願いすることにしました。

ヒロさんは、私のゆっくりした歩調にさりげなく速度を合わせてくれました。そうして二人、肩を並べ駅方面に向かって歩いていると、しばらくして瀟洒《しょうしゃ》なワンルームタイプのマンションが見えてきました。私の暮らしているマンションです。建てられて十五年ほどですが、昨年、外も中もリフォームを済ませたばかりで見た目は新築と遜色《そんしょく》ありません。

「ここよ、わざわざどうもありがとう」

きっちり頭を下げ、ヒロさんに私は礼を述べました。

ヒロさんはちょっと意外そうにマンションを眺めています。古くからのトルンカの常連でこの街にずっと住んできた私の住まいが、ぴかぴかのマンションだからでしょうか。きっと古い一軒屋でも想像していたのでしょう。

「義父の代から商店街で手芸屋をやってたんだけどね、すっかり客足も減って、息子たちも跡を継ぎたがらなかった。だから主人が亡くなったときに売り払って、この分譲マンションに移ったのよ。もう十五年も前の話だけど」

「そうでしたか」

「私みたいな年配の一人暮らしも多い場所だから、安心なのよ」

「なるほど」

多田《ただ》手芸店。所狭しと毛糸や裁縫道具が並んだ薄暗い店内。店の奥、レジカウンター裏の椅子に座って、日がな一日編み物に興じながらお客さんを待っているのが好きだった。ガラス戸越しに、通りを行きかう人々を眺めているのが好きだった。店の中から、普通の人々の普通の生活にそっと心を馳《は》せるのが好きだった。だけどもうあの店も家も存在しない。仕方のないこととはいえ、残念でなりません。

夫のほうはといえば、あれだけ家庭に嵐を巻き起こしておきながら、逝く時は実に呆気《あっけ》ないもので、病に倒れてからはあっという間でした。もういまでは、諍《いさか》いの日々さえが懐かしき思い出です。なんだかんだで四十年も生活を共にしてきたのだから、もう少し骨のあるところを見せてくれてもよかったんじゃないか。そう思わないこともないですが。

「じゃあ、俺はここで」

ヒロさんとは今日会ったことは口外しない約束を交わし、マンション前で別れました。ずんぐりした猫背の背中が妙に哀愁を帯びています。その寂しげな背中に、やはり親しみを覚えずにはいられません。

なんだか彼とは仲良くなれる気がする。近いうち、また会えたらいい。そう思いながら、大理石に囲まれたマンションのエントランスをくぐりました。

「ただいま」

部屋に帰ると誰にでもなく挨拶をし、どっこらしょと座卓の前に座ります。今日も一日の終わりです。急須で出がらしのお茶を淹れてぼんやり部屋を見回すと、隅に埃《ほこり》がずいぶんたまっているのが目につき、はあ、と深いため息がもれました。こんな実のない生活を送っていても、塵《ちり》や埃は出る。なにもせずとも、生きているだけで部屋はしっかり汚れていく。

外は暗くなってからずいぶん風が強くなりました。窓からのぞいてみると、大通りに面した銀杏《いちょう》の木々が音もなく枝を揺らしています。窓辺に立って眺めていたら、耳の奥にトルンカで聴いたショパンの音色がふとよみがえってきました。ターン、タタンと小気味よいあの調べが、耳鳴りのようにいつまでも消えてくれません。

私の人生に、意味はあったのだろうか。

この人生に、なにか特別な意味はあったのか。

ふと、そんな考えが頭をよぎりました。もちろん息子や孫のことは愛している。最近は一年に一度会えるかどうかだけど、子どもを持てたのは幸せなこと、誇らしいこと。

だけど人生を振り返ってみて、私は自分自身でなにかを選んだ、摑《つか》んだということがあっただろうか。ただまわりに流され、決められた道を歩んできただけ。親に決められた人と結婚し、家族を持ち、いろんな人を見送り、そうしてひとり枯れていくのを待ちながらここにいる……。

結局私は、誰の心にも深く根付くことができなかったんじゃないか。

そのように誰の心に住むこともできなかった私の人生に、果たして意味はあったのか。

考えはじめると、まるですっかり葉の落ちてしまった裸の枝のように、寂しくて心もとない気持ちになってしまいました。

ああ、やれやれ。どうも今日は思考が暗いほうへ行きがちだ。

それというのも、遥《はる》か遠い昔などを思い出したりしたから。雫ちゃんにあんなことを訊ねられ、絶妙なタイミングでショパンのあの曲が流れ出し、それで……。いいえ、雫ちゃんにも曲にも罪はありません。

こんな日はさっさと寝てしまおう。

夕飯もとらないまま、私はさっさと布団にもぐりこみました。だけど眠りは、近づいては離れていく猫のように、なかなかそばに来てはくれませんでした。

「千代ちゃん、この曲が好き？　これはフレデリック・ショパンというポーランドの偉大な作曲家がつくった曲なんだよ」

あの人が私にそう教えてくれたのは、いつのことだったろう。

あれは、私が五歳になった年だったろうか。

彼は、町で一番大きな屋敷の三男でした。私の実家は酒屋を営んでいたので、父が軽トラで配達に行く際によくそのお屋敷にも連れていってもらったものです。激しく揺れて、黒い煙ばかりをぷかぷか吐く、お世辞にも乗り心地のよいといえない代物に父と二人乗り込んで、近所の家をまわるのです——もっとも戦況が傾き、すべての生活品が配給制になるまでの短い習慣でしたが。

父が注文の品を運び入れたり御用聞きをしているあいだ、私はひんやり冷たい廊下を裸足で駆け抜け、あの人の部屋にこっそり遊びに行きました。

音楽や芸術を愛する人でした。棚にはずらりと外国語で書かれた書物が並び、いつ訪ねても蓄音機から知らない国の知らない音楽が流れていました。「これ、なんて曲?」としょっちゅう私は彼に訊ねたものです。

よく晴れた、ある日の午後のことです。彼の部屋のドアからひょっこりと顔を出したとき、風にふわふわと漂うようなピアノの音色が蓄音機から流れ出てきました。開け放たれた窓からは気持ちのよい初夏の風が入ってきて、洗い立ての真っ白なレースのカーテンをはたはたと揺らしていました。音楽はまるで、その風に乗っているように思えました。

その音色を聴いていると、私の心はなぜかくすぐったくなりました。

「これはなんて人の曲?」

「これはね、ショパンの練習曲Op.25-1だよ。別名『エオリアン・ハープ』」

ポーランドが国の名前、ショパンが人の名前だということすら知らない私に、彼は教えてくれました。

「エオリアン・ハープというのはね、十八世紀ごろに流行した古い弦楽器なんだよ、もちろん僕も実物を見たことはないんだけどね。風を利用して音を奏でる仕組みの楽器らしい。だからその日の天候や風の強さによって、音色もまた変わる。ギリシャ神話の風神の名前が由来になっているんだって」

「はあ」

「それで、この練習曲Op．25-1をはじめて耳にしたシューマンがね、あ、シューマンというのはドイツのロマン派音楽を代表する作曲家なんだけど、その人がまるで軽やかな風に乗った音、それこそエオリアン・ハープの調べを聴いているみたいだ、と感想を伝えたんだそうだ」

「はあ」

「それで『エオリアン・ハープ』という愛称がついたんだ。あくまで練習曲のひとつで、『ノクターン』や『華麗なる大円舞曲』のようなショパンの代表曲とは比べられないけれど、心の琴線にふと触れてくるような美しい調べを持った小品だと僕は思うな」

「はあ」

彼からつらつらと説明を受けても、ちんぷんかんぷん。ただ口を半開きにして、彼の腰にも身長が届かない私は、青い空でも眺めるみたいにぼんやりその顔を見上げていました。ショパンとかシューマンとかそんなおかしな名前の人たちなんて、すごく怪しい。ポーランドとかドイツとかそんな国があるなんて想像もつかない。だけどこの曲は、とても好きだ、とても綺麗《きれい》だ。そう思いました。なにかを好きだと強く思ったのは、たぶんそれがはじめてでした。

ぼうっと熱に浮かされたみたいにその場に立っていたら、

「ああ、ごめん。千代ちゃんには少し難しかったね」

と、私の頭を壊れ物でも扱うみたいにやさしく撫《な》でてくれました。ほっそりとして白く、美しい指でした。どこかあどけなさの残る、山深くにある湖のような澄んだ瞳が、笑っていた。部屋を満たすのは揺れるカーテンと戯《たわむ》れる、美しい旋律。私は頭に彼の手の温かみを感じながら、じっと目をつむって音楽に耳を傾けていました。

でも、それはほんの短い時間のこと。三分もしないうち、最後の一音の余韻《よいん》を残しつつ曲は終わりを迎え、代わりに遠くで父が私を呼ぶ声が聞こえてきました。

「おーい、千代坊、どこにいる？　もう帰るぞ」

部屋の前でぺこりとお辞儀をして、慌てて父の元へ走る。去り際にこっそり振り返ったら「またね」そう言ってあの人は小さく笑って、私に手を振っていました。

「千代坊、あまり武彦《たけひこ》さんの勉強の邪魔をするなよ」

車のなかで父に叱《しか》られてしまいました。といっても、それはお屋敷を訪ねたあとの恒例行事だったのですが。

「あの人はここいら一番の秀才で、日本が見事勝利をおさめて戦争が終わったら、学者さんかお医者にでもなる人なんだよ」

アクセルが踏まれるたび、土ぼこりがあがり、荷台で酒瓶ががちゃんと派手な音を立てました。

私は頬《ほお》をふくらませて、

「してないもん」

と憤然と抗議しました。あの人はやさしく笑ってくれていた。邪魔だなんて絶対思ってない。たぶん、きっと。昼間なのにやけに町中はがらんとして活気がなく、薄暗く、それが不思議でした。

「あそこのお宅はみんな気の良い人だから、おまえみたいなお豆がちょろちょろしてても怒られないけど、よそのお屋敷だったら大変だぞ」

運転席の父はまだくどくど言っていたけれど、その声はなぜかひどく遠くから聞こえてきました。

翌日は、前の晩にまともに眠れなかったこともあり一日中部屋にこもりきりでテレビを見たりしつつ布団の中で過ごしました。でもそうして一日を怠惰に過ごしてしまうと、なんとなく怖くなります。明日も同じように部屋から出ずに閉じこもって過ごしてしまうのじゃないか、と心配になるからです。なにしろ私はそれが簡単にできてしまう環境にいる。そしてそのまま、世間とますます疎遠になり、日々の生活を送ることさえ面倒になって、毎日寝て過ごすようになるんじゃないか。そう想像してしまうのです。

トルンカに行く日課は、そのためにも必要不可欠なものです。それが崩されてしまったら大変。あの人の面影を思い出したことを後悔し、なんだか恨めしくさえ思えてくる。もちろんそれは完全なお門違いですが。

私は「しっかりしなさい」と自分に言い聞かせ、次の日はいつもどおりお昼過ぎにトルンカに出向きました。

でも行ってみると、店の様子がなんだかおかしい。

マスターや雫ちゃん、アルバイトの修一《しゅういち》君はもとより、お客さんたちまでがカウンター前に集まって、なにやら話し込んでいます。しかもみな、どこか興奮気味。

「あらあら、一体何のお祭りかしら？」

さきほどまでの緊張も吹き飛び、喫茶店というより立ち食いそば屋に入ってしまった気分で訊ねました。それでも誰もこっちを見ません。

「コウちゃん、なにかあったの？」

扉の一番近くに立っていた浩太《こうた》君の袖《そで》を引くと、いや、それがさあ、とやたら大きな声が返って来て、思わずのけぞりました。

「俺、ついにデビューするかもしんない」

「は？」

「いや、だからさ、俺、スクリーン・デビューしちゃうかも」

どうやら訊く相手を間違ったようです。雫ちゃんの幼なじみの浩太君は明るくていい子だけど、お馬鹿なことで有名なのです。

「バカは黙ってなって」

早速、雫ちゃんが冷徹に彼に言い放ちます。それから突然表情を変え、

「千代子ばあちゃん、いらっしゃい。一日ぶりだね」

と、にこやかに微笑みます。まるで百面相を見ているみたいで面白い。浩太君は「おまえのツッコミには愛が足らねえ」と意味のわからない文句をたれますが、雫ちゃんは「ツッコミじゃないから」とこれまた素っ気ない。この二人のやりとりは見ていて心和みます。

　ともかく、話を総合したところによれば、ついさっきまでロケハン隊と名乗る人たちが来ていたのだという。それでお客さん含め、すっかり盛り上がっているとのこと。そうは言っても、私にはなんのことだかさっぱりわかりません。

「ロケハン？　なあにそれ？」

　店の誰にでもなく訊ねると、マスターが代表して答えてくれました。

「ロケーション・ハンティングの略ですよ。映画とかドラマの制作の際、シーンにぴったり合う撮影場所を探して見つけてくる役目の人たちです」

「はあ、それでトルンカに？」

「ええ。映画の撮影なんだそうですけどね、予定していた喫茶店が監督のイメージしていた絵とかけ離れてるからと、中止になってしまったそうで。で、急遽《きゅうきょ》新しい店を探していたら、ネットかなにかでここの写真を見たとかで」

「あら、すごい。この店で映画撮るの？」

「一応、断ったんですけどねえ」

　マスターが腕組みしながら苦笑します。

「でも定休日でいいからって頼みこまれまして。たった数シーン撮るだけだから、と。それで、再来週の土曜に撮影に来るそうです」

「はあ、それはすごいねえ。でもトルンカは風情のあるいい店だもの。撮りたくなるのもわかるわ」

私が頷くと、マスターの代わりに雫ちゃんが誇らしげに、「だよね」と胸を張ります。トルンカが映画制作の人たちの目に留《と》まったのが余程うれしいみたい。自分のお父さんのお店ですもの、ただの常連客の私まで誇らしい気持ちになるくらいだし、当然でしょう。

そう思ったのもつかのま、

「ねえ、場所を提供するんだしギャラとか出るんでしょ？　撮影協力費ってやつ？」

雫ちゃんはえらく現実的なことを言い出しました。

「子どもはそんなこと知らなくていいんだよ」

「わたしはここの従業員だし、娘でもあるんだから知る権利があるね。で、どんくらい出るの？」

マスターはやれやれとため息をつき、ぼそっと雫ちゃんに耳打ちしました。

「は？　たったそれだけ？　百万くらい、ぽーんと出してくれりゃいいのに」

「出るはずないだろう。映画といっても、ＳＦ超大作とかじゃないんだ。低予算の日本映画なんだよ」

「えー、つまんない」

　雫ちゃんががっかりする横で、

「裕次郎が来たりするんじゃないか？　わしはあの男の映画だったらまた観たいね。勝新でもいいなあ」

　そう珍妙なことを言い出したのは、滝田《たきた》のおじいさん。私同様、トルンカの古い常連さんです。でも石原裕次郎も勝新太郎もとっくに亡くなっているから、不可能な話。天国から特別出演してくれるというんなら別ですが。

「僕、この監督の撮った映画、何作か観たことありますけど」

　どこか得意げに口を挟んできたのは修一君です。

「普通の人たちの普通の日々を淡々と描く、静かでゆるやかな映画ですよ。まあ退屈だと思う人もいるだろうけど、僕は好きだなあ」

「へえ、修一君が好きな感じね。なるほど、地味で暗い感じの映画ってのはよくわかった」

　雫ちゃんが言うと、集まっていたお客さんたちも、ああ、なるほど、と一斉に頷く。

「地味じゃなくて、趣《おもむき》があるって言ってよ。ものすごくこだわりが強い監督らしくて、ロケーションにもうるさいらしいんだ。たしかにひとつずつのシーンが印象的でさ。トルンカみたいな喫茶店がよく作品に出てくるしね」

「なんにせよ、すごいことだわ。私も見学に来てもいいかしら？」

こんな機会はそうあるものじゃないだろうと、私はマスターに訊ねてみました。

「もちろんです」マスターはにっこり笑いました。「それどころか、お客役のエキストラが数名ほしいそうで、常連さんを集めておいてくれないかって頼まれてるんですよ。ちょうどいま、みなさんに声をかけていたところです」

「あら、そうなの」

「僕もゼミの日とかぶってなければ、絶対参加するのに」

修一君が悔しそうに言う。

「まあ、暇な人は俺のスクリーン・デビューを見に来いって話だな」

浩太君が最後におどけてまとめると、雫ちゃんがその頭をパシッとはたきました。あら、いまのはさすがに痛そう。浩太君、ほんとはとても賢いのに、敢《あ》えて道化を演じてまわりを明るくしてくれるやさしい子なので、少し気の毒です。

まあ、なんにせよとても面白そうな話。映画の撮影現場に遭遇するなんて、当然はじめてのことですし。低予算の映画と言っても、滝田のおじいさんが言うような有名な俳優さんだって来るかもしれない。こういう明るい気持ちになれる話題は大歓迎です。

ロケハン隊来訪の興奮もようやく収まって、トルンカが普段の光景を取り戻したころ。

ターン、ターン、タタタタタ……。

店にまたあの曲、「エオリアン・ハープ」が流れ出しました。

無心で編み物に興じていた私の手が、それに合わせてぴたりと止まってしまいます。

ああ、これはいけない。

そう思っても、手遅れです。

風にさらわれるように、ぐいと心を持って行かれてしまう。

なんと、美しい音色だろう。

昨日よりもその音色がいっそう美しく耳に届くのは気のせいでしょうか。私はそっと目を閉じてしまう。まるで聴くたびに、少しずつ魔法にかかっていくみたいに。

不意に、はじめてトルンカを訪れた日を私は思い出しました。

夫との問題を抱え、ひどく傷ついて近所を歩いていたあの日。ほんとうは沈んでいた私の気持ちを救ってくれたのは、コーヒーだけではありませんでした。

そうです。あの午後、さんざん歩き回って奇跡的に見つけたトルンカの窓際の席に座って一息ついていたら、ひどく懐かしい旋律を私の耳はとらえたのです。

ターン、ターン……。

最後に聴いてから、その時点でもう実に三十数年ぶりでした。私が十九歳のとき、最後に彼のもとを訪れた午後以来。

見事なまでの不意打ちでした。あまりに懐かしく、やさしい不意打ちでした。

私はそのときまで、すっかり忘れてしまっていたのです。手芸店を営んだり、家事をしたり、子供を育てる日々の忙しさに埋もれて。そんな音楽があったことも、あの人のことも。

「大丈夫ですか」

カウンターにいたはずのマスターが――いまよりずっと若いマスターが――いつのまにか傍らに立っていました。控えめに差し出してくれたのは、折り目がぴちっとついたハンカチ。

あれ、と思って手を当てると、自分の頰が濡《ぬ》れているのに気がつきました。

音楽はもうとっくに終わっていました。ショパンの別のピアノ曲が何事もなかったようにスピーカーからは静かに流れはじめています。それでも瞳からは水みたいに涙が次々あふれてとまってくれません。私はマスターに礼を述べ、差し出されたハンカチを受け取りました。

「なんでもないんです。ただあんまりにも懐かしい音色だったから」

「思い出の曲、なんですね」

「そう、そうね、思い出の曲。と言っても、もうすっかり忘れてたから、びっくりしてしまって」

私が涙を拭《ふ》いてどうにか微笑むと、マスターはそっと頷きました。

「この店はあなたのお店？　まだずいぶんお若いみたいだけれど」

「はい、妻と二人でやっています」

「そう、とっても素敵なお店ね」

私以外に客の姿のない店内をぐるりと眺めながら言うと、

「ありがとうございます」

マスターは頭を下げてから、どこか芝居がかった低い声を出しました。

「あなたはここ、純喫茶トルンカにとって、特別なお客さまです」

「あら、どうして？」

「この店は、二日前に開店したんです。だけど一昨日《おととい》も昨日もお客さまはゼロでした。つまりあなたがはじめてのお客さまなんです」

ようやく涙の乾いた私はマスターを凝視しました。その顔にはいたずらっ子みたいな笑みが浮かんでいました。

やがて彼の奥さんも厨房《ちゅうぼう》から出てきて、開店祝いだとチョコレートケーキをごちそうしてくれました。チョコの甘みがコーヒーの苦味と相性抜群で、しばらく食事も喉《のど》を通らなかったのに気がつくとぺろりと平らげていました。二人はそんな私を見て、とてもうれしそうでした。

マスターは、そんなことがあったのももう忘れてしまったでしょうか。

だけど私は、あの日から二十年、ずっとこの店で「エオリアン・ハープ」を聴き続けてきました。そのたび、まぶたの裏には、あの人とあの部屋が浮かんできました。私の小さかった頭をそっと撫でてくれたときの、あどけなさを残した澄んだ瞳。ぱたぱたと不規則に風に音を立てていた白いレースのカーテン。

でもはじめてトルンカを訪れて涙をこぼした日以来、私はそれを無理に心の奥深くに仕舞いこもうとしていました。そうやって表面上は忘れた振りをして、だけど忘れたくなくて、ほんとうのところ心の中はずっと整理されぬままぐちゃぐちゃだったのです。

だってあの人のことを考えれば、どうしたって思い出してしまう、すっかり暗くなってしまった彼の瞳を。そして想像してしまう、彼のその後の人生を。それが辛かったから。

――戦争に行って、あいつは頭が狂っちゃったんだ。

近所の人たちが彼のことを噂するのを耳にしては、胸が押し潰《つぶ》されそうになった。せめて私だけはわかってあげたい。そう願ったけれど、ただの子どもだった私にはなにひとつできなかった……。

ああ、やっぱりだめだ。思い出していたら、早くも涙がじわりと目じりにたまってきてしまいました。だから嫌だったのに。こんな年になって、昔を思い出して泣きたくない。しかもこんな大勢の前でなんて。

私はトルンカをいつもよりずっと早い時刻に出ました。賑やかで明るい商店街を通る気分にどうしてもなれずに、路地を抜けるといつもとは反対に向かいました。

不忍《しのばず》通りを、上野方面へ当てもなく進む。

今日は北風が吹いていて、車道から埃っぽい空気が舞い上がってきます。行き過ぎる人はみな早足。私は彼らを尻目に、歩道を俯《うつむ》きがちにとぼとぼ歩きます。

と、突然、ぐいっと後ろから強い力で腕を引っ張られ、私はぐらりとよろめきました。その強さといったら、こちらに有無を言わせないほどの力です。

え、え？　なにが起きたの？

誰かが私の腕を強引に引っ張ってる！

まさか年寄りを狙ったひったくり？　こんな白昼堂々と？

私は勇気を奮って勢いよく振り返ると、ハンドバッグを武器に夢中で応戦しました。

「えいや！　えいや！　えいや！」

私が気合いとともに何度もバッグを振り下ろすと、

「ちょ、ちょっと、イタタ！」

相手の男は必死に両腕で顔をガードしながら短い悲鳴をあげます。

「千代子さん、落ち着いてください、俺です、沼田です！」

その声に、私はもう一発おみまいしようとしていたバッグを慌てておろしました。

「え、ヒロさん？」

「そうです……」

ヒロさんがいつもの仏頂面に輪をかけて、途方に暮れたように私を見ていました。

ああ、私ったらなんてことを……。「ごめんなさい、ごめんなさい」と青ざめた私が謝ると、ヒロさんは「いや、大丈夫です」とこれぞ苦笑いの見本という苦々しい笑みを浮かべます。通行人たちは関わりあってはいけないと、私たちを避けるように大通りを歩いていきます。まあ、たしかに相当奇妙な光景だったとは思います。なにしろ老婆が猛然と男にバッグで殴りかかったのですから。夢中だったとはいえ自分でもなかなかびっくりの行動です。おまわりさんを呼ばれないでよかった。

それにしたってヒロさんもヒロさんです。あんなに強く腕を摑まなくたっていいじゃないの。

さんざんバッグで殴っておいてなんですが、私は彼にちょっと腹が立ちました。冗談のつもりだったにしても、年寄りにあれは反則です。

「やっぱり気がついてなかったんですね」

「え?」

「通りを歩いていたら偶然お見かけしたから声をかけようとしたんですが、千代子さん、ずっと俯いて歩いていて。そのまま赤信号の車道に、ふらっと出そうになったから、慌てて摑んだんです。咄嗟《とっさ》のことでつい力が入ってしまいました。痛くなかったですか?」

むしろヒロさんのほうが私にぶたれたところが痛むようで、しきりに腕をさすっています。だけど私はそれに気を配ることもできず、啞然《あぜん》として赤信号が灯った交差点に目を向けました。

「ありがとう」

いまもたくさんの車が途切れることなく行き交う道路を見て、私は胸に手を置いて息をつきました。

「ヒロさんは私の命の恩人ね」

彼が止めてくれていなかったらと思うと、背中にじっとり冷や汗が出ます。

ヒロさんは、いや、そんな大げさな、と相変わらずの仏頂面。

「いいえ、そうよ。だって私、ずっと考え事をしていてまったく気がつかなかったもの。あのままだったら車に撥《は》ね飛ばされててもおかしくないわ」

「まあ、無事でなによりでした」

ヒロさんはそう言うと声のトーンを落として、

「それより大丈夫なんですか」

と不意に訊ねてきました。

「え、なにが？」

「なにがというか――なんとなく様子が変に見えましたが」

私は彼に笑顔を向けようとしたけれど、うまく笑えませんでした。

「ねえ、ヒロさん、少しお時間ある？」

気がついたら、私はそう言っていました。

「え？　はあ。このあいだと同じく時間はありますが」

「よかったら、コーヒーでもどう？　ううん、トルンカとは別の場所で。命のお礼というには安すぎるけど、一杯奢《おご》らせてくれない？」

ヒロさんは正直そんなに乗り気そうではありませんでしたが、私の誘いを断りはしませんでした。そこで今度はちゃんと青信号を渡り、目の前にある、私たちが入るにはちょっとためらわれるオシャレなカフェ——喫茶店と言ったらお店の人に怒られてしまいそう——に寄ることにしたのです。

「無理に誘ってごめんなさいね」私が言うと、ヒロさんはやはり「いえ、平気です」と素っ気ないけれど、さほど迷惑そうでない様子で答えます。まだ昼の陽射しが窓から入ってくる店内は明るくて清潔で、その分トルンカの薄暗さに慣れている私には新鮮です。

ヒロさんは、いつものようにブレンドコーヒーをこのお店では注文しませんでした。トルンカでは必ず注文していたのに。

「ブレンド、お飲みにならないの？」

「ええ、トルンカに再び行くまでは我慢です」

ヒロさんはトルンカに来なくなった日から、もう何ヶ月もコーヒーを口にしていないのだという。どうしても退院祝いの一杯は、トルンカのコーヒーがいいと言い張る。

まったく頑固な人ねえ。私は内心少し呆《あき》れつつ、彼のそんな不器用なところに微笑まずにいられません。彼を好きだった絢子ちゃんの気持ちがわかります。この人の頑固で不器用で無愛想で、だけどその奥に仄《ほの》見《み》えるやさしさが、ある種の人間にはとても魅力的に映るのです。

「そういえば、今度トルンカで映画を撮るらしいわよ」

「ほう、そうなんですか」

「ヒロさんもおかしな意地張ってないでくればいいのに。映画の撮影なんてそうそう立ちあえるもんじゃないわよ」

「や、自分はどうもそういうのは苦手です」

「そう言うと思った」

予想通りの言葉に笑ってしまいます。

「で、身辺のほうは少しは整った？」

「ええ、引越し先は決めました。もう来週には引越してきます。先立つものもあまりないので、築五十年、四畳半の畳敷きの安アパートですが。まさか五十を過ぎてそんなところに住むとは思いもしませんでしたが、初心に返った気持ちになれてそんなに悪くもないです」

「じゃあ、あとは仕事ね」

「まあ、そっちはいささか難航しそうですが。なにしろ特別な技能も資格もありませんから。でもなんだってやるつもりです」

「そう」

会話はそこでぱったり途絶えました。店内にはいささか陽気すぎるくらい明るい音楽が流れています。窓の外にぼんやり目をやると、いかにもオフィスレディといったしゃきっとした出で立ちの女性が、足早に横切っていきます。なんとも勇ましい姿。

「あのね、ヒロさん」

私はやっとそう切り出しました。

「はい」

「よかったら、少し聞いてくれないかしら。誰かに聞いてほしいの。あなたにはまったく関係のない話なんだけど、どうしてかしら。ヒロさんになら話せる気がするの」

ヒロさんは私の言葉を待っていたかのように、椅子の上でわずかに居住まいを正しました。

「俺でよければ」

「ぜんぜんたいした話じゃないのよ。それでもかまわないかしら?」

私の問いにヒロさんは、

「誰にだって気持ちを吐き出したいときはあります」

どこか照れくさそうにつぶやいて、紅茶の入ったカップをそっと口に運びました。

春日井《かすがい》武彦さん。

ずっと兄のように慕っていた。

私が近所の年上の子にいじめられたりしていると、いつも駆けつけて助けてくれた。

大好きだった。

「エオリアン・ハープ」もあの人も、大好きだった。

すべてを変えたのは、ある日、武彦さん宛《あ》てに届いた一通の手紙。

日本軍からの召集だった。いわゆる赤紙というやつだ。たしか武彦さんが十九になった年だ。

もっともそのへんのことは、あんまり覚えていない。なにしろ私は当時、日本が戦時下にあることも、戦争というものがどんなものかも、理解できていなかった。だから私の記憶では、なぜか武彦さんがある日を境に突然消えてしまって、会えなくなってしまった日々があった、というだけだ。赤紙とか、徴兵とか、そういう言葉はずっとあとになって知った。

武彦さんがぱったり消えてしまってから、二年と少し。質素な食卓を囲んでいたときに父が、

「春日井さんとこの武彦さん、ずっと便りが途絶えてたそうだけど、三日前に無事戻ってきたってなあ。よかったよかった」

そんなことをしみじみとした口調で言った。日本が負けた、と町中が大騒ぎになり、大人たちが悲嘆に暮れていた日からずいぶんあとのことだ。私はそれを聞いて喜んだ。また武彦さんのところで一緒にレコードを聴ける日々に戻れるんだ。そう思った。

でもそれから数日後、部屋を訪ねてみて言葉を失った。

だってあんなに綺麗で澄んでいた彼の瞳が、すっかり変わってしまっていたから。

「ああ、千代ちゃん？」

深い井戸みたいな暗い瞳が、こちらを見ていた。

「どうしたの、武彦さん？」

悪い病気にでもなったのかと私が心配すると、

「うん、少し疲れた」

彼はそう言うのがやっとというような重たい声でつぶやいてから、口の端を歪《ゆが》ませて小さく笑った。

それから、武彦さんは一日の大半を部屋にこもって過ごすようになった。外に出てくることは滅多にない。それでなにをしているのかといえば、原稿用紙になにかをずっと書いているのだという。まともに食事もとらず、眠ることもせず。

近所の人たちは、同情と好奇心が交じり合ったような顔で、あの人は頭がおかしくなったとひそひそ噂するようになった。繊細すぎる彼にとって、戦地での体験はあまりに残酷なものだったろう、心がもたなかったのだろう、と。なにを書いているかについても噂する人によって違って、戦争の体験談を書いているのだとか、小説を書いているのだとか、いろんな噂があった。

彼の部屋を訪ねるのは、私だけだった。父はもう春日井家への配達をやめていたから、子どもにはかなりの距離を歩いて。家の人は大抵出かけていて、別に誰に遠慮することなく入ることができた。もちろんそれは私がお豆だったから許されたことで、年頃の娘だったらただでは済まなかったはずだろうけど。

部屋は、なにかの資料らしい本と原稿用紙で埋め尽くされていた。そして蓄音機から流れているのは常にショパンのピアノ曲。ほかのレコードはみんな燃やしてしまったという。窓は常に閉めっぱなしなので、彼が吸うたばこの煙と埃で空気がよどんでいた。

ドアの隙間《すきま》からひょっこり顔を出すたび、「また来たの？」と武彦さんは困ったように笑った。だけどその笑顔はすぐに消えてしまう。そして再び執筆に戻る。私はただ、文《ふ》机《づくえ》に向かう彼の背中をずっと眺めていた。

そんな日々が、ずいぶん続いた。戦争でなにがあったのかはもちろん私は知りようもない。訊くのが怖かったし、彼も話そうとしなかった。それでもこの人はとても苦しんでいる、いまだ深い絶望の中にいる、ということだけは私にも痛いほどわかった。

彼が戦地での経験について、唯一楽しげに話すことがあった。

「僕はさ、ずっと南方の島にいたんだよ」

声まで別人みたいに明るくなった。

「そこにずいぶん駐留した。戦争なんてしていないみたいに、平和な日々がしばらく続いた。空も海も生まれてはじめて見る青さで、ああ、ここは天国か、と思ったよ。でも食べ物にだけは困ってね。みんな、毎日腹を減らせてまともに歩けないほどだった。それで仲間のひとりが苦肉の策で、畑をつくろうって言い出したんだ。夕飯にでた芋《いも》のかけらを土に埋めてさ。でも土も気候も日本とまったく違うから、なかなかうまく育たない。それでもみんなで知恵を持ち寄って懸命に育ててさ。収穫できたときは涙が出るほどうれしかったなあ。みんなで焼き芋にして食べてさ、あのときの味とみんなの笑顔は忘れられない」

けれど彼が話すのは、いつもそこまでだった。やがてはっと我に返るようになって、口をつぐむ。そして暗い瞳にまた戻ってしまう。

ある日、私は部屋のどんよりした空気に耐えられなくなって、

「窓を開けようよ」

と彼に提案してみた。こんなところに閉じこもりではそれこそ病気になってしまうと思ったから。外は秋空が広がっていて、気持ちよさそうに雲が流れていた。

武彦さんの返事も待たず勝手に窓を開けると、突風が吹いてきて、文机に山積みになっていた原稿用紙がわっと舞い上がった。

彼が膨大な時間をかけて書きつづっていたものたちが、ばらばらに飛んでいく。びっしりと鉛筆の黒い字で埋まった紙たちが、いまや命の次に大切にしているものたちが。

だけど武彦さんは怒りもしなければ、慌てもしなかった。ただ原稿用紙たちが舞い上がるのを、私と一緒にぼんやり眺めていた。

それは、とてもきれいな光景だった。そしてちょっぴり胸のすく光景でもあった。蓄音機からは、ちょうどショパンの「エオリアン・ハープ」が静かに流れ出したところだった。

私はこの光景を、大人になってからも思い出すだろう。

胸が縮こまるようにきゅうっと痛むのを感じながら、私は思った。

こんな風に言うと、私たちはずいぶん長い時間を過ごしたように聞こえるかもしれないけれど、部屋に私がいるのはせいぜい十分から二十分のあいだだった。なにしろそれ以上長居していると、彼の家の人が帰ってくるかもしれないし、日も暮れてしまう。

私は学校の帰りなどに週に二日ほど屋敷を訪ね、彼は困ったように私を部屋に招き入れつつも、執筆に明け暮れた。原稿用紙は日ごと山のように積もっていったけれど、いつまで経ってもなにも完成しなかった。私もいつからかわかっていた。そのなにかが完成する日は、永遠に来ないということを。

あの窓を開け放った、胸のすく思いだった日から半年しないうち、彼のもとに通っているのが両親にばれ、私はこっぴどく叱られた。もうあの人のところに行ってはいけない、関わってはいけない、と。彼に私がなついていたのを知っていたから、母は幾分同情的ではあったけれど、それでも口調には断固たるものがあった。それでもう、武彦さんのところに通うことはできなくなってしまった。だけど私は心のどこかでほっとしてもいた。もうこれで、あの人のあんな姿を見なくて済む。そう思ったからだ。

そうして、ずいぶん時が流れた。

父の知り合いに紹介された男性とお見合いをして、縁談がまとまった。

十九の誕生日を迎えてすぐだ。よい相手が見つかったと、父も母も姉たちも大喜びだった。

さんざん悩んで、八年ぶりに彼の部屋を訪ねることに決めた。翌日には婚礼の儀が控えている。私は白無垢《しろむく》を着て、まだ二度しか会ったことのない男性と料亭にて祝言《しゅうげん》をあげる。そうなったら、私はもうよその家の人間だ。いま会っておかなければ、一生会う機会はないだろうと思った。

そのころには彼の噂をする人なんていなくなっていたし、復興も進み、谷中の町もだいぶ変わった。東京大空襲で一面焼け野原になってしまった上野公園のほうも、戦争があったなんて夢だったのではと疑いたくなるほど様変わりし、真新しい民家ばかりが並んでいた。

だから、訪ねて驚いた。なにしろ彼の部屋だけは、数年前となにひとつ変わっていなかったのだから。そこだけ、完全に時が止まっていた。彼はまだ文机に齧《かじ》りつくようにして、一心不乱に書いていた。

私が入っても気がつかない。改めてドアを大きめにノックすると、ようやくこっちに振り向いた。

「……千代ちゃん？」

長い間を置いてから、彼が私の名を呼んだ。髪の毛のほとんどが白くなり、もともと細かった体はさらに痩《や》せ、鎖骨が浮き上がっていた。まだ三十代前半なのに、彼はひどく老けて見えた。変わらずショパンのレコードが流れていたけれど、擦り切れてきているのか、音がときどき跳ね上がる。

「びっくりした。大きくなったね」

「私、結婚することになったの」

私が言うと、彼はぽかんと口を開けてこちらを見た。いきなりそんなことを言われて、すっかり戸惑っているようだった。

しばらくの沈黙のあと、彼がぽつりと言った。

「そうか、おめでとう」

そしてまた、くるりと背を向け、机に向かって書き物を再開する。

私は以前のように部屋の隅に正座して彼の背中を長いこと、見守っていた。前よりも背が伸びたせいか、部屋の景色が微妙に違って見えた。

気がついたら、ぽろぽろと涙がこぼれていた。自分でもびっくりした。押し殺していた気持ちが、全部涙と一緒にあふれてくるみたいだった。

私はこの人のことが好きだったのだ。

ずっとずっと、好きだったのだ。

はじめてそれを自分で言葉として理解した。

彼の背中はあまりに遠かった。手を伸ばせば触れることができる距離にいるのに、途方もなく遠くに彼はいた。この人の孤独を理解できたらいいのに、そばにいられたらいいのに。そう思った。

だけど、不可能だ。人が空を飛べないのが当たり前なくらい。そのことが悲しくてたまらなかった。

どのくらいそうしていただろう。部屋には抑え切れなくなってすすり泣く私の声が、不安定なピアノの音色にまじってもれていた。彼は一度も振り返ってくれなかった。

日が暮れかけたころ、私はやっと立ち上がった。そのまま無言で部屋を出ようとすると、

「千代ちゃん」

と不意に声がかかった。

彼は机に向かったままの姿で、小さな声を発した。

「どうか幸せに。いままでありがとう」

そう言ったように聞こえた。

はっきり聞こえなかったから、自信はないけれど。

ありがとう、なんて言われる覚えはなかった。だって私は彼に何ひとつしてあげられな

かった。だからあれは、私の聞き間違いだったのかもしれない。

それから彼がどうなったのか、私は知らない。嫁ぎ先からだってバスでならすぐに着く距離だったけれど、もう行くことはなかった。日々の忙しさがちょっとずつ、彼の記憶を私から奪っていった。

そうしてもう彼の顔もあまり思い出せなくなったころ、とある用事で近くを通ることがあった。でもお屋敷は取り壊され、敷地にはまだ新しい数軒の家が建っていた。白熱灯の明るい光が窓からもれていた。


「ごめんなさいね、こんなつまらない話に付き合ってもらっちゃって」

陽気な音楽が途切れることのない、カフェの店内。私が詫《わ》びると、ヒロさんはなにも言わずにゆっくり首を振りました。もうとっくにカップの中の液体は冷めてしまっています。

でもヒロさんは私が吐き出すように話すあいだ、ただ黙って聞いてくれていました。

「おかしいわよね。いまさらになってこんなことを思い出して、こんなにも心を乱すなんて」

「おかしくなんてありません」

ヒロさんはきっぱりとした、前に「トルンカに救われた」と話してくれたときと同じ口調で言いました。

「誰にでも大切な想いというのはある。それは忘れたと思っても、ほんとうには忘れられるものじゃない。それはただ、眠っているだけなんです。いや、まあ、俺がそう思っているだけですが」

「不思議ね、あなたに言われると妙な説得力がある。とにかくありがとう、話したおかげですっきりした」

ところがヒロさんは神妙な顔つきで私を見つめてきます。

「ほんとうですか？　その人を探そうと思わないんですか。会いたいと思わないんですか」

「いまさらそんな……」

「いや、これは失礼。余計なお世話でした」

私はよほど困った顔をしていたのでしょうか。ヒロさんは申し訳なさそうに謝ってきました。

「いいえ、いいのよ。いずれにせよ、私よりも十以上も年上だったのよ。あの当時でも魂を燃やし尽くしてしまったような様子だったのに。いまだにお元気だとはさすがに思えないわ」

そう口にしてしまうと、急に言葉は現実味を帯びだして、私はなんだか恐ろしくなってきてしまいました。さっきまでは遠い過去、思い出話をただしている気分だったのに、私が生きている限り、それは完璧な過去にはなりえないと気づいてしまったから。気持ちを落ち着かせようとカップに残ったコーヒーを飲んでみます。冷めてしまったコーヒーは、ちっとも美味しくありません。

「……怖いのよ。彼がその後、どんな人生を送ったのか知るのが」

「〈再会とは、人生における一番身近な奇跡である〉」

ヒロさんが脈絡もなく突然大きな声で言うので、私は目を丸くしてしまいました。

「なあに、それは？　誰か有名な人の言葉？」

「絢子に教えてもらったんです。彼女のオリジナルの格言だそうです。俺はここ数ヶ月、この言葉を胸に刻んで今日まで生きてきました」

「そう、絢子ちゃんの……」

言葉の力というよりそう言ったヒロさんの太い声に、やさしく包まれたような気持ちになりました。その声があんまりに力強くて、まっすぐで、そこに微塵《みじん》の迷いも感じられなかったからです。

「ねえ、訊いてもいいかしら。ヒロさんには人生を振り返ってみて、どうしても会いたい人はいる？」

私の問いにヒロさんは寂しげな表情をにじませ、

「……います。いえ正確には、いました。もうその人は死んでしまったので」

と、つぶやきました。

「そう……」

ヒロさんのいつもどこか寂しげな背中をふと思い出します。いろんなものを背負って、いろんな想いを引き連れて生きている猫背の背中。

ううん、と小さく咳払いをしてヒロさんが言いました。

「『人生、遅いことなんてない』なんてもっともらしく言う連中が世の中にはいるじゃないですか。でも俺の人生、遅いことばかりでした。それでも心残りがあるのなら、たとえそれが手遅れでもやらないよりはいい。そんなふうに俺は思います」

それから慌てたように早口で付け加えます。

「誤解しないでください。別に千代子さんに何かしろと言うわけじゃありません。そんなの誰にも言えることじゃあない。ただ、俺が言いたいのは、そういう考え方もあるってことです」

夕方になって、店内は若い人を中心にだいぶ混み合ってきました。私たちはどちらからともなく席を立ち、お店を出ました。じゃあお気をつけて。そう言って去っていく彼の猫背の背中を、私は長いこと見送っていました。

たぶん私は誰かに背中を押してもらいたかったのだと思う。それも強引にではなく、そっとやさしく。ヒロさんは、それをしてくれた。おかげで心が決まりました。

武彦さんを探してみよう、彼がその後どうなったのか、知りたい。いや、知らなければならない。

でなければ、私は死ぬ間際にきっと後悔する。

私は、当時、彼や彼の家族を知っていた人たちと連絡してみようと試みました。でもいまとなっては、彼を知っていた人、その後の行方を知っていそうな人は、みなお墓の下で眠っている。土地柄、戦後に建てられた古きよき木造建築はまだたくさん残されている。けれどそこに住む人は、確実に変わっていってしまっているのでした。

そして武彦さんの住んでいたお屋敷はとっくになくなり、住んでいた家族の消息も不明。ぱったりと彼の家族は谷中から消え、それ以来、いままでどんな噂も耳に入ってきませんでした。あのたくさんの本やレコードとともに、彼はどこに消えてしまったんだろう。家族と一緒に引越したのか、それとも彼が離れてから屋敷は取り壊されたのか。なにも知りませんし、いまさら知りようがありません。

かつては、近所の人々との交流によって様々な情報を知ることができたものです。逆にいえば、私にとっての世間とは、この界隈だけを意味した言葉です。夫の実家である小さな手芸屋に嫁いでからも、それはなんら変わらずに。

そういう古い人間は、人を通じてしか誰かとつながれません。ほかにどのような手段で糸をたどればいいのかが皆目わからない。

これが十年、二十年前、私よりも上の世代が存命だったころならちょっと話も違っていただろうに。後悔とはこんなふうに人に襲いかかってくるものだと、この年になってまざまざと思い知らされます。

なんの手立ても思いつかぬまま、一週間が過ぎてしまいました。

自分の無力さを嚙《か》み締めながら飲むコーヒーは、いかにマスターの淹れてくれたものとはいえ、あまり美味しく感じられません。いっそドラマのように探偵でも雇ってみようかとも思いましたが、お金がすごくかかるはず。僅《わず》かな貯蓄と年金で暮らす身、一杯のコーヒーに楽しみを見出す私の生活に、それを捻出《ねんしゅつ》する余裕はない。なにより我欲を満たすためだけに見ず知らずの人にお願いするというのは、どうも気が引けます。

結局いま、私と彼をつないでいるのはショパンの音楽だけ。

音楽だけで、私はあの人とわずかにつながっている。

それはなんと儚《はかな》いつながりだろう。武彦さんという人が存在したことを知っている人は、もう私をのぞいて誰もいないのではないか。もう私の記憶のなかにしか彼はいないのではないだろうか。

「はあ、侘《わび》しい」

カップやお皿がかちゃりと鳴る音や、お客さんの話し声に混じって聴こえてくるショパンの音色に耳を傾けながら、自然とため息が出てしまいます。日課の編み物にもまったく身が入らない。少しでも元気をもらおうと、淹れてもらったばかりのコーヒーに口をつける。

簡単にいかないのは当然。嘆いても仕方がない。無理に心に仕舞い込んだまま、時を過ごしてしまった自分が悪いのです。これは私の人生における、最後の宿題なのだ。そう思って、諦めないでいよう。このままなにもせずに後悔を抱えて死んでしまったら、私は幽霊になってまでトルンカに通うかも。それはあまり楽しそうとはいえません。さすがにマスターも幽霊にまではコーヒーを淹れてくれないでしょうし。

幽霊になっても……。

考えるまでもなく、私にお迎えが来るのはそう先のことではありません。つまり、そんなにたくさんの時間は残されていないということ。喫茶店を、自分が死んでしまったのにも気がつかず行き来するおばあさんの幽霊。私が幽霊になったせいで悪い噂が立ち、お客さんが来なくなってお店もつぶれてしまうかもしれない。想像するだけで、背筋がぞわりとしてしまいます。

窓の外では日ごと、秋が深くなってきている。塀の向こうの庭先でドウダンツツジは紅葉しはじめています。つい先日、金木犀が香りだしたと思ったばかりなのに。時間は私の思いなどおかまいなしで、たちどころに過ぎてしまう。

ただひとつだけ間違いないのは、ショパンという人はほんとうに偉大な作曲家だったのだ、ということです。こんな気分のときでも、コーヒーカップを手にその音色にじっくり耳を傾けていると、改めて思わずにいられません。

「ノクターン」「華麗なる大円舞曲」「別れの曲」「英雄ポロネーズ」「雨だれ」……。数々の名曲がすぐに頭に浮かんできます。それらすべてが二百年近くも前につくられた曲だとはとても信じられません。素晴らしい音楽とは、時代をいくらでも軽々と超越してしまうものらしい。

「ねえ、マスター」

隣のテーブルのカップを下げにカウンターから出てきたマスターに、私はわきあがってきた感慨を伝えたくなって思わず声をかけました。

「ショパンという人は、よっぽど豊かな人生を送ったんでしょうね。じゃなきゃ、こんなにも美しい曲ばかりをいっぱいつくれたはずないもの」

けれどマスターは意外なことを口にしました。

「それがショパンの代表曲のほとんどが、彼が二十代に作曲したものなんですよ」

「まあ、そうなの」

すっかり意表を突かれてしまいました。

「そもそもショパンは二百曲以上の作品を作曲していますが、三十九歳という若さでこの世を去っているんです。しかも子どものころからずっと肺結核を患っていて、人生の多くを床に伏せって過ごさねばならなかったんです」

そんなこと、ちっとも知りませんでした。マスターは普段無口だけれど、コーヒーに関することといい、実に知識の幅が広い。そういえば亡くなった娘さんの菫ちゃんも、若いのにいろんなことを知っていたっけ。

それにしても、ショパンはずいぶんと早くに逝ってしまったものです。いまさらなにを、と言われそうですが、惜しまずにいられません。

「長生きしていたら、もっともっとよい曲をつくっていたのかもしれないのにねえ」

マスターが、優雅ささえ感じさせる静かな足取りでそばにやってきて言います。

「とはいえ神童モーツァルトの再来と言われた彼は、小さいころから天才的な才能を発揮して、演奏会をはじめて開いたのが八歳のときだそうですから、一概に年齢だけでは語れないのでしょうが」

「へえ。一体どんな才能を持ち合わせていたら、そんなことができるんでしょうね。音楽というより、もう魔法だわ」

　私の言葉にコップの水を代えてくれながら、マスターが深く頷く。

「同感です。ショパンの曲には人の心を捉《とら》えて離さない強い魔法がある。心のやわらかい部分にそっと触れてくるようなやさしさにあふれている。そういう意味では、ショパンより優れた作曲家というのを自分は思いつけません」

「心に触れてくる……。ええ、その感じはすごくよくわかるわ」

　マスターに力説されると、ほんとうにショパンという人は魔法使いだったのだと信じたくなってきます。すると、あら、不思議。さきほどまでは儚いものに思えた私と武彦さんのつながりが、とても強いものに思えてくるのです。ショパンの——この魔法のような音楽が、また私たちを引き合わせてくれるのでは。はじまりがそうであったように。そのくらいのささやかな奇跡ならば、起こしてくれるのではないか。そんな気にすらなります。

　さすがにそれは都合がよすぎかしら。いくら藁《わら》にもすがりたい気持ちとはいえ。自分の考えに呆れていると、マスターが知識を披露したくてしょうがないという感じに、再び口を開きます。

「心、でひとつ思い出しましたが、ショパンに関しては彼の死後に興味深い逸話があるんです」

「あら、どんな？」

「ショパンは姉のルドヴィカにとても風がわりな遺言を残していました。それは自分が死んだら遺体から心臓をとりだして、祖国にある教会の柱の下に埋めてくれ、というものだったんです」

「まあ、それはまた、一体どういう意図で？」

　カップを手に、私は驚きにすっかり目を丸くしてしまいます。

「ショパンは祖国のポーランドをとても愛していたんです。でも戦乱や革命などの影響もあって、若いころに離れて以来、二度とその地を踏むことができなかった。そこには、せめて心だけでも祖国へ、という想いがあったんじゃないでしょうか」

　なるほど、それならば私も多少わかる気がします。私も死んだら、ここ谷中で眠りたい。もちろん心臓をえぐりだされたくはないけれど。

「それでほんとうにショパンの心臓は教会に運ばれたの?」

「ええ。姉は遺言を守り、彼の心臓をとりだしてアルコール漬けにして、ワルシャワの教会の柱の下に収めたんです。そして、いまもその教会にショパンの心臓は眠っているんですよ」

「はあ、すごい話ね」

自分には完全に想像の範疇《はんちゅう》外の話に、そう感嘆するしかありません。マスターによれば、ショパンが死去したのが一八四九年とのことだから、心臓はそこで百五十年以上眠っているということになるはずです。

「それにしてもマスター、ほんとうによくご存知ね」

マスターはなにやら妙に満足げです。まるでこの話をずっと誰かに披露したがっていたみたい。カウンターに戻っていきながら、「いや、そんなことはありません」とうれしそう。それに対して、雫ちゃんがなぜだか意味ありげにくすくす笑っています。

「お父さん、喫茶店をやるって決めたとき、コーヒーとか店でかける音楽とかお店に関わること、猛勉強したんだよね。ショパンの心臓のくだりは、一体何度聞かされたことか」

「こら、バラすんじゃない」

マスターが慌てて、雫ちゃんを止めに入ります。その様子がおかしくて、私も和やかな気持ちになりました。

店内には、「子犬のワルツ」が流れています。曲名どおり、小さな子犬が足元でじゃれついているような、可愛らしさと陽気さに満ちた音楽です。今日のような晴れ渡った初秋の天気には実にお似合いの音楽です。すると、マスターをからかって笑っていた雫ちゃんが、あ、そうだ、と元気よくこちらを向きました。

「千代子ばあちゃん、明後日《あさって》の撮影来るよね。なんか緊張するよねー」

「撮影？」

はて、なんのことだったか、と私は首を傾げました。

「あれ、トルンカで映画の撮影することになったって千代子ばあちゃんにも話したよね」

ああ、そういえばそんな話でこの前、お店が盛り上がった。最近はひとつのことに頭が占められていて、もはや完全に忘れていた……。

でも、おかしいのです。なぜか雫ちゃんがその話題を口にした途端、胸の奥がざわざわとひどく騒ぐ気がしました。それはあまりに突然のことで、そしてここ十年は味わったことのない感覚でした。強い意志を宿した力に、心がぐいっと持っていかれるような——。

一体これはどうしたことだろう。さっぱり理由がわかりません。けれど自分はその場に絶対にいなければいけないのだ、という気持ちがわき起こってきます。

雫ちゃんが顔を覗《のぞ》き込むようにして、

「千代子ばあちゃんも来るよね？」

と、にこにこ訊ねてきます。

「ええ、ぜひ寄らせてもらうわ」

私は即座にそう答えました。


映画の撮影は十月半ばの、土曜日に予定通り行われました。

私が店を訪れた一時すぎにはすでに撮影準備が整えられていて、入口付近は近所から来た見学者でいっぱいです。ドアの隙間からのぞくと、カウンター裏にいた雫ちゃんと浩太くん、滝田のおじいさんが「こっちこっち」と手招きしてくれます。マスターは撮影用のコーヒーを淹れるのを請け負ったらしく、みんなの後ろで忙しそうに立ち働いています。

ですが足を踏み入れてみると、店内におそろしく殺気だった空気が流れているのがすぐにわかりました。いつもの穏やかなトルンカの雰囲気は微塵もありません。

特に、一番奥のテーブル席はものものしい緊張感に包まれています。どうやらそこが撮影場所のようで、年若い女性が窓に目を向けながらテーブルに座っています。とても整った面立ちで、それこそ目が覚めるような美人ですが、残念ながら最近はテレビを滅多に見ない私は存じ上げません。

そのすぐわき、通路側に設置された映画用のカメラの周囲に数人のスタッフらしき人が集まり、なにやら深刻な面持ちで話し込んでいます。中心には、四十代くらいの顎《あご》ひげを生やした中年太りが目立つ男性。ねずみ色のTシャツは汗を吸って、すっかり色が変わってしまっています。察するにこの方が、修一君が話していた「ものすごくこだわりの強い」監督のようです。そしてこの人がときどき強烈な怒号をあげ、そのたびに現場にピンッと張り詰めた空気が走るのです。

「なんか怖いんだよね、監督。映画の撮影ってもっとわきあいあいとしたもんなのかと思ったのに」

カメラに映りこまないよう、カウンターの裏側にみんなと一緒に見学していると、雫ちゃんが小声でささやいてきます。私も、そうね、といささか呆気にとられてつぶやきます。

監督はますます怒りを募らせて、象のように足を踏みならしながら歩き回って、

「バッカヤロウが、なんでばあさんのエキストラもいねえんだ！」

「窓の外のあの植木鉢、どっかやって来い！」

と汗だくになりながら怒鳴りちらし、最後には、

「あの暗い雲、どうにかしろ！」

とお天道様にまで文句を言い出して、一向に撮影がはじまる気配はありません。

浩太君と滝田のおじいさんが、

「マジおっかねえ」

「来なきゃよかったわい」

と、ぶるりと震えながら言うのも無理はありません。

雫ちゃんの説明ではトルンカで撮影するのは、主人公役の女優さんがひとり物憂げにコーヒーを飲んでいると、テーブルに置いてあった携帯電話が鳴り、彼女がそれを手に慌てて店を出て行く、というだけのシーンらしいです。だけどそれを撮るとなると、こんな手間と時間がかかる事態になるのです。スタッフや俳優さんふくめ、なんとも大変な仕事です。

と、店内をぐるぐるしていた監督が突然、私たちの方に視線を向け、ぴたりと窓際で足を止めました。

「ああ、ちょっとそこの人。協力してもらえます？」

浩太君が、うおっと勢いよく前に出て、「俺っすか？」とうれしそうに言う。

「違う違う、君じゃ若すぎる。そっちのおばあさん」

「私？」

呆気にとられて訊き返すと、

「そう、あなた。ちょっと座ってもらえます?」

監督は手招きして女優さんの向かい側の席に座るよう指示してきます。

「はあ」

お呼びがかかり、私は言われるままに席につく。女優さんと背中合わせになる形です。軽く会釈しましたが、無視されてしまいました。監督はカメラのレンズ越しに長いこと無言で私たちを見ていましたが、ぼそっと低い声を出しました。

「うん、いいね。そこで客としてコーヒー飲んでてください。もうすぐ本番ですから。あ、硬い硬い。あくまで自然な感じでね」

「はあ」

そう言われると、かえって硬くなってしまう。監督はまた不機嫌そうに足を踏み鳴らして行ってしまい、私はそのまま残されてしまいました。

「はーい、おばあさん、頭あんまり揺らさないでくださーい」

ちょっとでも動くと、カメラマンから声が飛んできます。

そうしてようやく撮影がはじまり、一時間近く私はその席に座り続け、お客1を演じることになってしまいました。監督の「スタート」と「カット」の声があがるたび、緊張したり、力を抜いたりと大忙しです。結局、「オーケー」が出るまでに四杯もコーヒーを飲むことになりました。

「千代子ばあちゃん、映画デビューかよ。マジ羨《うらや》ましいわ」

撮影が終わると、浩太君が飛んできて羨ましそうに言い出しました。でもコーヒーの飲みすぎで、おなかが苦しくてそれどころではありません。

「みなさん、どうもありがとうございました！」

監督が猛烈な勢いで頭を直角に曲げ、声を張り上げました。

「おかげさまでいい絵が撮れました！　ご協力感謝します！」

さきほどまでとは人が変わったみたいに低姿勢な態度に、私たちはすっかり目が点になってしまいました。

その後、ムードは一転。急に緊迫していた空気が和らぎ、スタッフが機材を手早く片付けていきます。主演の女優さんは入口付近で見学していた人たちの横を素通りしてお店をさっさと出て行ってしまい、浩太君がサインもらってくるわと、急いでそのあとを追いかけていきます。監督だけがカウンターにどっかりお尻を落ち着け、コーヒーを注文しました。

「いやあ、ほんと、助かりました。予定していた店がまったくイメージに合わなくて。こういう古い喫茶店がいいって伝えてあったのに、行ってみたらおしゃれなカフェだったもんで。もうあったま来ちゃいましてね」

監督はマスターの淹れたコーヒーを一口飲んで、

「ほう、こりゃ旨《うま》い」

と顎ひげをさすりながら、すっかり上機嫌です。

私と雫ちゃんは、「はあ」と呆気にとられ、頷くしかありません。

滝田のおじいさんが怖がって損したとばかりに、

「あんた、まるで二重人格者だね」

と呆れていますが、まさにその通り。映画監督とか、ものを創る仕事をしている人は気性が激しい人が多いものなのでしょうか。監督は「よく言われます」と平気な顔で笑っています。

朝はお天気だったのに少し前から空は曇りだし、雨粒が窓を濡らしはじめました。

「降ってきましたね」

表に出て様子を確認してからマスターが、雫ちゃんに開けてあった窓を閉めるよう指示します。路地がみるみる黒く染まっていき、それを見ているうち、なんだ、という思いが胸にせり上がってきます。

なんにも起きなかった。

今日ここに来れば、なにかが起きるのではないかと淡い期待をしていたのに。

冷静に考えれば、そんなことあるわけないのです。自分でもどうしてそんな思いに至ったのか、いまだにわかりません。なぜだかショパンの音楽が私を後押ししてくれているような、そんな気がして。今日、ここに来なければいけないのだと言われている気がして。きっと藁にもすがりたい思いが、おかしな錯覚を起こさせたのです。そんな奇跡みたいなことを期待したりして、馬鹿げている。

〈再会とは、人生における一番身近な奇跡である〉

ヒロさんが力強い声とともに教えてくれた言葉。信じたいけれど、やはり私にはなかなかむずかしいようです。

仕方ない、とりあえず今日は引き上げよう。たらふくコーヒーも飲んでしまったことだし。とはいえ、この雨じゃあ出るに出られない。なんだかまるで引き止められているみたい……。

「監督ー、春日井監督ー」

ばたん、とドアが勢いよく開いて、撤収作業中だったスタッフが叫びました。

「雨、降ってきましたよ」

「見りゃわかるよ。撤収急げな」

いま、春日井、と彼のことを呼ばなかったか。それは、偶然にも武彦さんと同じ苗字です。

「監督さんは、春日井さんっておっしゃるの？」

混乱しながらテーブル席から訊ねると、彼はカウンターの止まり木からくるりと振り返って、

「ええ、そうですが？」

と不思議そうな顔で私を見てきます。それはそうです。ただ偶然苗字が同じだったくらいで、取り乱してしまって恥ずかしい。私は慌てて首を振りました。

「ごめんなさい。なんでもないの」

でも、この胸が騒ぐ感じは——。

先ほどは彼が激昂《げっこう》していたこともあり完全に目がつりあがっていましたが、こうして近くで見ると、ずいぶんとやさしい瞳をしています。その瞳は、私のよく知っていたものとどこか似ているような……。

もっと近くで見てみたい。そう思っても、監督はマスターの方にすぐに向き直ってしま

い、コーヒーに夢中です。よほどお店が気に入ったようで、「それにしても良い店だ」とトルンカをしきりに褒め称《たた》えます。それから、自分は谷中にはちょっと縁があるのだ、この店を選ばせてもらったのもそのためだ。そう続けます。

「親父がこのへんに若いころ住んでいたそうでね。まあ、祖父が商売に失敗したときに売りに出して、いまは跡形もないみたいですが。でもなんとなく縁のある街だなと思って、僕も昔からよく訪ねていたんですよ。ひょっとしたら親父もこの店に来たことがあるのかも」

　私の動揺をよそに、マスターが泰然と答えます。

「この店はそれほど昔からあるわけじゃないんですよ。二十年くらい前に開店したもので」

「ああ、そうか。親父の若いころっていうと六十年は前の話になるはずだから、そりゃ無理ですね」

　ターンターン、タン……。

　そのときです。ずっと待ちわびていたかのように、「エオリアン・ハープ」の音色がスピーカーからこぼれでました。私の胸のなかに、ふわりと一陣の風が吹き渡っていく。たまらなく愛《いと》おしい音楽――。

その音色に反応を示したのは、私だけではありませんでした。

「ああ、懐かしいな」

監督がカップから顔をあげ、ふと誰に言うでもなくつぶやきました。

「親父がこの曲、好きで書斎でよく聴いてたな」

私は思わずがたんと大きな音とともに、立ち上がっていました。みんなの視線が私に集中し、雫ちゃんが「どしたの、千代子ばあちゃん」と心配してきますが、それには答えずに、

「ほ、ほんとうに？　『エオリアン・ハープ』を？」

彼のそばに歩み寄り、固唾《かたず》を呑んで返答を待ちました。

「え、ええ。この曲の愛称はシューマンが名づけたんですよね。なんでも古い楽器の音色に似ているからって。子どものころに親父に教えてもらいました」

ああ、まさか、まさか……。そんなことがほんとうにあるんだろうか。私は震える声で、失礼ですけど、とそっと訊ねました。

「あなたのお父様は、なんというお名前ですか？」

「え？　武彦ですけど。春日井武彦」

彼ははっきりとそう言いました。

私は夢でも見ているんだろうか。到底、信じられません。

「ははあ、じゃあうちの親父とあなたは若いころのお知り合い、ということですか。それはまた奇遇ですねえ。まあ、ずっとこのあたりに住まわれてる方なら、そういう人がいても不思議じゃないんでしょうけど」

監督はさほど驚く風でもなく笑っています。だけど、これをただの奇遇などという言葉で片付けてしまっていいものだろうか。

私からすれば、奇跡が起こったとしか思えません。だって、誰よりも会いたいと思っていた人とこんな嘘みたいな偶然によってつながるなんて。おそらくこの日、ここで会わなければ、この出会いは永遠に訪れなかったでしょう。住まいも年も住む世界もまったく違う二人。まるでショパンの魔法が、めぐり会わせてくれたみたい。私がそう考えてしまうのも、自然なことではないでしょうか。

外では依然、細い雨が音もなく降り続けています。すでに撤収作業も済んで、監督以外はみな引き上げ、すっかり静けさを取り戻した店内。ほんとうは夕方からも撮影の予定があったらしいけれど、雨のため延期になったのだという。

私は何も言葉にできないまま、ずっと通路に立ち尽くしていました。

武彦さんに息子さんがいた。つまり、彼はあのあと結婚し、家庭を築いたということだ。正直、私はそんな明るい未来が武彦さんにあったと想像もしていなかった。ただもう、それがわかっただけで、体の奥のほうから喜びがふつふつとわきあがってきます。あふれそうになった涙をすんでのところで必死にこらえます。

「だ、大丈夫ですか？」

春日井監督が、いまにも泣き出しそうな私を見て慌てふためきます。事情をまったく知らない彼からすれば、無理もないこと。父親の知り合いだと言い出したおばあさんが、感極まって泣きそうになっているのですから。雫ちゃんにもずいぶんと心配されてしまいました。

「うちの親父も隅に置けないなあ、おふくろ以外にそんな相手がいたとは。とんでもない堅物人間だと思ってたのに」

「違うの。ぜんぜんそんなんじゃないの。ただ、あなたのお父様には子どものころにとてもお世話になったものだから」

私は笑って否定しました。だって、それはあまりに見当違いだ。

「それは失礼。あ、申し遅れました。僕は春日井照彦《てるひこ》って言います。春日井照彦」

「照彦さん。よいお名前ね」

「なんかよくわからないけど」

好奇心旺盛《おうせい》な雫ちゃんが、もうこらえ切れないというように横から口を挟んできます。

「監督は、千代子ばあちゃんの知り合いの息子さんだったってこと？」

私は雫ちゃんやマスターに、「そうよ」ときっぱり言いました。それでようやく自分でも、これはほんとうのことなんだ、と実感できました。

「改めて見ると、やっぱり武彦さんにどことなく似てらっしゃる」

「ああ、いまはこんなヒゲもじゃでむさ苦しいですが、若いころはよく言われましたよ。なんか目元がそっくりらしいです。なかなか変わり者の親父でね、晩婚だったから僕が生まれたころにはもう四十を過ぎてたし、ガキのころは嫌だったもんです。まああの人の血を受け継いでいるから、僕も映画なんて撮ってるとも言えるんでしょうが」

「それで監督のお父さんは――」

雫ちゃんがそこまで言ってから、ちらりと私を労《いた》わるように見ました。訊ねる勇気がでない私の代わりを引き受けてくれるつもりなのでしょう、遠慮がちに続けます。

「いまもお元気なんですか？」

気がついたら自分の指をぎゅっと骨が痛むほど、きつく握りしめていました。

武彦さんが孤独な人生を歩まなかったのがわかっただけで十分。もうそれ以上、望むことはない。

でも、やっぱり。

どうしても、彼に会いたい。もう一度だけ、会いたい。そして、ショパンの音楽を一緒にまた聴きたい。「エオリアン・ハープ」を、二人で一緒に聴きたい。

「ええ」

私には永遠にも思えるような長い一瞬のあと、監督がコーヒーカップを手にようやく頷きました。

「元気ですよ」

全身から、一気に力が抜けた。雫ちゃんが慌てて支えてくれる。

「まあ、年が年だから、無病息災ともいかないですが。おととしに一度脳梗塞《のうこうそく》で倒れたし、物忘れも増えた。おふくろも逝っていまはひとりだから、三鷹《みたか》の妹家族と暮らしてます。会ってみますか？　日によって調子のよいときと悪いときがありますが、なんでかな、あなたに会ったらとても喜ぶ気がします」

「ほ、ほんとうに？」

声が震えているのが、自分でもわかりました。

「ええ。映画にも出ていただいちゃったし、喜んで協力しますよ。僕も久しぶりに親父の顔を見るいい機会だし。そうだな、場所はせっかくだし、ここにしましょうか」

　そのときの監督の笑顔は、武彦さんによく似ていました。


「ねえ、雫ちゃん。変じゃない、この格好？」

「大丈夫大丈夫。よく似合ってるって」

「ほんと？」

「千代子ばあちゃんってば、さっきからずっと同じこと訊いてるよ」

「だって落ち着かないんだもの。いま、何時？」

「まだ十二時すぎだよ。約束まで一時間近くある」

　自分の身なりに気を配るなど、一体いつ以来でしょうか。一番上の孫の結婚式ぶりに美容院にも行って、伸びるに任せていた髪まできちんと整えてもらいました。

　そうして、約束の時間。

　ドアがカランと小さな音を立てて開く。私はぱっと弾かれたように立ち上がる。

　春日井監督が、後ろにひとりのご老人を伴ってトルンカに現れました。英国紳士のような山高帽に、渋い色合いの背広姿のご老人。その人が杖《つえ》を片手にとてもゆっくりとした足取りで、私の待つテーブル席へと近づいてくる。

「千代ちゃん？」

彼が、私の名前を呼びました。

「……はい」

「驚いた。ほんとうに君なのかい」

「……はい。覚えてくれていますか？」

「もちろんだよ。そうか、千代ちゃんか。久しぶりだねえ」

しわがれた、だけど懐かしい声。目じりに深い皺《しわ》が刻まれた瞳が、陽に透けてとても綺麗。昔と変わらない、とても澄んだ瞳。

私は泣き笑いのような顔になってしまって、

「すっかりおばあさんです」

そう言うと、やさしい笑顔が返ってきます。

「僕もすっかりおじいさんだよ」

「そうですね」

笑うのと同時に、涙が一粒こぼれました。

コーヒーの馥郁《ふくいく》たる香りが、店内には満ちています。心を落ち着かせてくれる、とてもよい香り。

今日の陽射しのようなやわらかなショパンの音色と、コーヒーのよい香りに包まれて、私たちはぽつぽつと小声で話しました。思いはたくさんあふれてきても、いざ向かい合うと、言葉はちっともでてきてくれません。でもそれでもかまわない。ただ一緒にいられることが、とても幸せ。かつて私はこの人の背中ばかりを眺めていた。それに比べたら、いまこうして向き合っていられるのが、どれほど素敵なことか。

武彦さんはマスターのコーヒーを一口飲むと、

「ほう、旨い」

と、うれしそうに目を細めました。マスターがカウンター越しに恭《うやうや》しく頭を下げます。やはり親子、その言い方が息子さんの春日井監督にそっくりで私は笑ってしまいます。

「千代ちゃん、ごめんね」

カップをソーサーに戻すと、不意に武彦さんがつぶやきました。

「なにがです?」

「あのころの僕だよ」

「そんな……」

「あれから長い時間をかけ、僕はやっと、本来の僕に戻ることができた。君がお嫁に行って、それからまた何年もあとの話だよ」

そう言う武彦さんの唇の端が、なぜか少し笑っています。

「あのころ、僕はずっと机に齧りつくようにして書いていたろう？」

「ええ……」

「それでなにができたと思う？」

突然のその問いに、

「わかりません」

私は正直に答えました。

「なにもできなかったよ。なにひとつ、僕はつくりだせなかった。信じられるかい？　十年だよ。僕がそのあいだに成したのは、ただ、自分の嘆きを綴《つづ》った原稿用紙の山だった。物語性もなにもない、無価値な紙の残骸《ざんがい》だ」

武彦さんが厳《おごそ》かな声でもう一度、同じ言葉を繰り返す。

「なにも、できなかった。僕はずっとずっと、真っ暗な洞窟《どうくつ》のなかにいた。ただ必死に穴を掘っているだけだった。でもどれだけひとりで掘り続けても、出口など見えやしない。それに気がつくまでに、とても長い時間が必要だった。千代ちゃん、ごめん。君が心配してくれていることは、わかっていたのに」

私が、そんなことない、と否定しようとすると、武彦さんは「だけどね」とそれを素早く遮りました。

「ずっとあと、結婚して、子どもができて、人生が折り返し地点に達したころ、ようやくひとつだけできた作品があるんだよ。原稿用紙、たった五枚の、作品とも呼べないようなものなんだけどね」

「……それはどんなお話ですか？」

私はそう問わずにはいられません。

彼はとてもゆっくりとした口調で、だけどしっかり真ん中に芯が通った声で、私に話してくれました。

「戦地から戻ってきたばかりのひとりの男が部屋に閉じこもって、ずっと何かを書いている。ただ、ひたすら寝食も忘れて。彼は自分が間違っていると知っている。だけど深い絶望のなかにいて、どうしてもそこから抜け出せない。そんな彼を訪ねて、ときどき少女がやってくる。髪をおかっぱにした、可愛らしい女の子だよ。女の子はいつも心配そうに彼の背中を眺めている。彼はわかっているけれど、彼女になにもしてあげられない」

武彦さんが、まるで小さな女の子を見ているみたいなやさしい瞳を私に向けてきます。

「でもね、ある日、とうとうこらえきれなくなったのか、女の子が強引に窓を開けてしまうんだ。すると、秋の少し冷たい風がさあっと入り込んできて、部屋の淀《よど》んだ空気をかき消して、原稿用紙が舞い上がる。蓄音機からはショパンの『エオリアン・ハープ』が流れている。なぜだか男はそれを見て、少しだけ救われた気持ちになる。その瞬間だけは、暗《くら》闇《やみ》から抜け出して、やさしい光に包まれたような気持ちになる。ああ、美しい。そう思う」

彼はそこまで話すと、

「ただ、それだけの話だよ。長い月日をかけて、僕が書けたのはそれだけだ。だけど僕にとっては、なににも代えがたい大切な物語なんだ」

最後に、そうつけ加えました。

「……とても素敵なお話。今度、私にも読ませていただけますか？」

きゅうっと胸を締め付けられるような痛みが走る。それはとても切なくて、でも、とてもあたたかい。

「帰ったら送るよ。そして、そのまま千代ちゃんが持っていてくれ。君に、持っていてほしいんだ」

彼の笑顔に、私も答えようと笑いかけます。でも、うまくできたか自信がありません。

今度、ヒロさんに会えたらぜひとも伝えなくては。

〈再会とは、人生における一番身近な奇跡である〉

その言葉は真実だ、と。長い人生を生きていれば、そういう瞬間がきっと誰にでも訪れるのだ、と。だってこの年で私にも起きたのだ。ほかの人生に、起きないとどうしていえるだろう。

誰の人生にも、きっとそんな奇跡みたいな一瞬がある。きっと、きっと。

「エオリアン・ハープ」の調べがゆったりとスピーカーから流れ出し、私たちの耳にも届く。ターンターンと風に踊るような音色。その美しい調べが、まるで私たちをあのころに戻してしまうみたい……。

「ああ、懐かしい」

武彦さんがコーヒーカップを手に目を細めます。

「ほんとうに」

私の心に、旋律がトルンカのコーヒーと一緒にしっとりと沁《し》み込んでいく。

ああ、私の人生にも意味はあった。

生まれてきた意味はちゃんとあった。

いま、この瞬間こそがきっと――。

そのとき、私はたしかにそう思いました。

シェード・ツリーの憂鬱

シェード・ツリーという存在を知ってるだろうか。

といってもそれはほんとの木の名前じゃない。ある特別な役割を持った木をこう呼ぶ。

コーヒーの木というのは、直射日光を嫌う。南米なんかの熱帯地域の植物のくせに、日陰でないとうまく育たない。当然うまく育たなければ、美味しいコーヒーの実はとれない。そこでどこのコーヒー農園でも、大抵バナナとかマンゴーとか成長が早くて高く育つ樹木を一緒に植える。そうやって、適度に日陰のある環境を用意してやるわけだ。要するにシェード・ツリーってのは、コーヒーの木を守るための木なんだ。

青々とした大きな葉っぱをつけ、強すぎる陽射しを受け止める木。コーヒーの木の傍らですっくと立つ、たくましい木。

俺はその話を、幼馴染《おさななじみ》である雫《しずく》のお姉ちゃんから教えてもらった。雫んちは純喫茶トルンカって喫茶店をやっている。

スミねえ（菫《すみれ》って名前なんだ）は、俺にそんな存在になってほしいって言った。そういう存在になって、私の妹を守ってやってね、と。

話してくれたとき、スミねえはまだ十七歳だったけど、死にかけていた。いや、死にかけるとかそんなひどい言い方、俺だってしたくはない。だけどそのとき、たしかにスミねえは誰が見てももう長くなかったし、本人だってそれをはっきり認めてた。実際スミねえはその二週間後くらいには死んでしまった。びっくりするよ、人間ってさ、若かろうが可愛かろうが頭がよかろうがどれだけ人に愛されてようが、死ぬときは死んじゃうんだよ。

それってそんなにむずかしいことじゃないんだ。

うん、まあ、その話はいいや。

とにかく俺はある八月の暑い午後、母ちゃんに連れられて病院に行った。まだガキのころだ。ああ、いまだって俺は高校生でガキだけど、つまりもっとガキのころって意味だ。ハナクソを女子の背中とかにこっそりつけて喜んでたくらい、ガキだったころの話ってこと。

病室の前で俺は母ちゃんにそっと背中を押されて、なかに入った。雫たち家族はそのとき、いなかった。母ちゃんもいつのまにかいなくなっていた。俺とスミねえの二人だけだった。

スミねえはベッドの上で両手を広げ、やさしく俺を迎え入れてくれた。長くてきれいだった髪はどこに行ったのか、頭にちっとも似合わないニット帽をかぶり、白いパジャマ姿で笑ってた。

二人で軽い世間話をした。というより、俺がベッドわきのパイプ椅子から前のめりになって一方的に話した。学校のこととか、当時入ってた野球チームのこととか、ようやくハイハイができるようになった弟の洋平《ようへい》のこととか、そんなどうでもいい話だったと思う。スミねえがうれしそうに聞いてくれるから、俺はすごく必死に話した。

「ねえ、コウちゃん」

スミねえは突然、ぽつりと言った。俺は浩太《こうた》って名前で、コウちゃんとスミねえからは呼ばれて育った。

「うん？」

「ひとつ、私のお願い聞いてくれるかな」

「十個聞くよ」

俺が言うと、スミねえはひとつでいいよ、とくすっと笑った。

「コウちゃんは、男の子よね？」

「そうだよ。金玉見たい？」

「見たくない」

スミねえは、馬鹿ね、と呆《あき》れて首を振った。それからいかにも意地悪そうに、にやりと口の端をあげた。

「だいたい、コウちゃんのなら何度も見たことあるよ」

「うそ、いつ?」

「まだコウちゃんが赤ちゃんだったころ。オムツ替えてあげたのよ。可愛かったよ」

「げえ」

俺は屈辱にまみれ、声をあげた。

「それでね、コウちゃん」

スミねえがもぞもぞとベッドの上で起き上がろうとした。俺はそれを慌てて両手で止めた。そんとき、ちょっとだけ右のおっぱいに触れてしまった。はじめて触ったけど、けっこう大きかった。まあこれで金玉の件とおあいこだな、と俺は思った。

そうしてスミねえは、シェード・ツリーのことを話した。そういう木が、コーヒーの木を守ってやる役割の木が、あるんだよ、と。へえ、と俺は素直に感心した。でもまだおっぱいのやわらかい感触が、頭の半分くらいを占めていた。

「コウちゃんにはそういう存在になってほしいの。つまり雫の、シェード・ツリーに」

「雫の?」

びっくりして聞き返した。

「そう」

　俺はそこでやっと真剣になった。スミねえはいま、とてもマジメな話をしているのだ。そしてたぶん、これはスミねえの俺への最後のお願いなんだ。そういうことが、ガキなりにちゃんとわかった。

　スミねえは言った。雫は素直できれいな心を持っていて、まわりに好かれる得がたい才能を持って生まれてきた子だ、私みたいなひねくれ者とは違う、と。だけど、その分やさしすぎるからこの先、いっぱい傷つくことがあると思う。

　だから、とスミねえは続けた。

「そういうときは、男の子のあなたが守ってやってね。いいかな？」

「そんなの、あたりきしゃりきだよ」

　俺は躊躇《ちゅうちょ》なく頷《うなず》いた。迷うことなんてなかった。ぱあっとその場所だけ明るい光に照らし出されるみたいに、スミねえの言葉がすんなり心に入ってきた。雫を守る。どんなことがあっても。あいつの雫って名前は、マスターがコーヒーの雫みたいに、豊かで味わい深い人生を送れるようにってつけたそうだ。スミねえが俺にシェード・ツリーになってって頼むのは、とても自然なことに思えた。その役割はいつも一緒にいる俺にしかできないと思った。

「コウちゃん、大好きよ」

「知ってる」

俺が答えると、スミねえはとびっきりの笑顔を見せてくれた。スミねえは大して美人でもなかったけど、そうやって目をきゅっと細めて笑うとき、誰よりもきれいだった。

そうして俺の人生の指針は、そのときに決まった。

俺はたのもしくてカッコいい男の子だから。

いや、正確にはたのもしいとかカッコいいとか、そういうことはスミねえは言わなかったけど、でもまあそういう風に俺は理解した。

俺は、強く生きようって決めた。シェード・ツリーとなって、傷つきやすい幼馴染の代わりに、ときには強すぎる日光を全身で受け止められるくらい。だからスミねえが死んで、雫たち家族がどん底に落ちてしまったときも俺は、金玉とおっぱいでおあいこになった話を披露して、葬儀に参列していた人を笑わせた。

雫はそのとき、

「浩太ってばサイテー!」

と俺の頭をけっこう本気で叩《たた》いてきた。でも少し笑顔を見せたので、それでいいと思った。

本音を言えば、俺だってめちゃくちゃ悲しかった。いままでの人生で、あんなに悲しかったことはない。雫たち家族には内緒だが、スミねえの死後、俺は悲しかったり悩んだりもうわけがわかんなくなって、一度胃潰瘍《いかいよう》になってしまったことがある。小学五年生でストレス性の胃潰瘍とか笑えちまう。でもスミねえは俺にとってそのくらい大事な人だった。ほんとの姉ちゃんみたいな存在だった。

ちょっぴり意地悪で、物静かで、なんでも知ってる姉ちゃん。

いつも喫茶店の窓際のテーブル席で本を読んでいて、隣に座るといい匂いがする姉ちゃん。

月日の経つのってけっこう早い。あれからもう六年。気がつきゃスミねえが死んだ年に追いついてしまった。十七歳だ。

十七歳になった俺は、背もすっかり伸びて百七十八センチにまでなった。なにしろシェード・ツリーとして、でかい存在にならなきゃいけない。身長だってまだまだ伸びるってもんだ。女子の背中にハナクソをそっとなすりつけることも、もうしない。

でもときどき、能天気でいられたあのころが無性に恋しくなることもある。もちろん、口にはしないけどね。

「コーヒーっていうのはどうしてこうも苦いんだろ」

いつもと変わらぬトルンカの店内。雫がコーヒーの黒い液体がなみなみ注がれたカップに口をつけて、ごくんと一口飲み込んで顔をしかめた。

カウンター越しに見ていたマスターは超不機嫌顔。自分が淹《い》れた自慢のコーヒーを不味《まず》そうに飲まれたせいで、頭に来たらしい。

「コーヒーってのは苦味があるのが当たり前なんだ。それが理解できないなら飲まなくていい」

マスターがそう言って雫の前にあるカップをさげようとすると、

「いや、だから飲みたいって思ってるんじゃん。そのための練習なんだよ」

雫が覆いかぶさるようにしてカップを守る。お気に入りのおもちゃを取り上げられまいとする幼稚園児みたいだ。その姿があんまりにもガキで、隣で片肘ついて眺めていた俺はぷっとふき出してしまった。

「笑うな」

「おっと。こりゃ失礼」

俺はわざとらしくにやにやして謝った。雫がそれを無視して、もう一度カップに口をつけ、また「うーん」と唸《うな》る。こいつは一体なにがしたいんだ。おいおい、ただでさえヤクザ映画の俳優みたいなおそろしい顔してるマスターが、般若《はんにゃ》みたいな顔になってんぞ。マジおっかねえ。

　雫は名前の由来になってるくせに、実はコーヒーが大の苦手だ。なんか話すのもバカバカしいんだけど、小学生のとき、はじめて飲んだ夜にものすごい悪夢を見たとかで、それ以来すっかりだめになってしまったんだと。ほんとしょうもないよ。マスターがおっそろしい顔になるのもわかる。

　でも雫は今年の夏の終わりくらいから急に、「コーヒーを飲めるようになりたい」なんて言い出すようになった。で、ときどきこうやって店が暇なときにマスターに淹れてくれるようねだる。そんなに苦いなら砂糖なりミルクなり入れりゃいいと思うのだが、ブラックで飲みたいらしい。たぶんそのへんはスミねえに影響されてるんだろうな。スミねえは小学生で普通にブラックを飲んでて、

「砂糖やミルクを入れるなんて美味しいコーヒーに失礼」

　とまで豪語してたから。

　それで、結果いつもこうなるわけ。不味そうな顔をしながら、最後の一滴まで飲む。なんかもうね、ガキとしかいいようがない。

　俺は隣の雫を尻目に、ぐいぐいっと一気にコーヒーを飲み干して、店のなかをとくに意味もなく眺めてみる。学校の帰りに寄ったから、もう外はだいぶ陽が暮れかけている。全

体的に茶色なトルンカの店内に、ランプのオレンジっぽい明かりが灯って、人間もテーブルもカップもみんな、濃い影をまとっている。ロウソクの火みたいに、影がゆらめいている。

俺をのぞけば客は二人。千代子《ちよこ》ばあちゃんと滝田《たきた》のじいさん。どっちも店の常連だ。千代子ばあちゃんは窓辺の席でいつものように編み物に夢中。滝田のじいさんはカウンターの一番端っこで時代小説を読みふけっている。見慣れた、いつもの光景。

店内は、けっこうボロっちい。でもそんなに悪い感じはしない。というかむしろ家よりも落ち着く。その古さと建物全体に沁《し》み込んじゃったようなコーヒーの香りが、俺をほっとさせてくれる。高校生でレトロな喫茶店が落ち着くってどうなの、とは思うけど、まあガキのころからほぼ毎日いるから、もう我が家でくつろいでるようなもんなんだ。

そうこうしているあいだに、隣の雫がコーヒーを飲み終える。相変わらずしかっめ面。そのくせ、「ごちそうさま」とか言ってやがる。

「ときどき思うんだけどさ」

俺はそんな雫を見て、わざと神妙な顔をしてつぶやいた。

「なに?」

雫がきょとんとして訊《たず》ねてくる。

「おまえってさ、見てて滑稽《こっけい》だよな。コッケーコッケーコケッコー」

言い終わるやいなや、雫が「おら！」と声をあげて、カウンターの下で俺のわき腹にパンチを繰り出してきた。これが見事にクリーンヒット。いってえ。これぞ愛のムチってか。にしても、ちょっといまのは痛すぎやしないか。

「雫さんさあ、もうちょっと手加減してくんない？」

「ふん！」

雫はそっぽを向いて怒りを表明する。さすがにコッケーは言い過ぎだったか、けっこう本気で怒ってる。まあ、コッケーだけあってニワトリみたいな奴だから、三歩歩けば忘れるだろう。

でも、なんか俺はこいつがコーヒーをムキになって飲んでいる姿を見てるとイライラしてしまうんだな。

というのも、こいつがコーヒーを飲むようになったのは、荻野《おぎの》さんというスミねえの昔の彼氏を好きになっちまって、フラれた直後からなのだ。見事に散った初恋。どういう思考回路でそうなったのか知らないけど、その件が大いに関係しているっていうことは間違いない。

雫はといえば完全に吹っ切れたらしく、荻野さんが客としてやって来ても、明るく営業スマイルで迎え入れる。普通に世間話もする。惚《ほ》れてるときはぎこちなさすぎて態度でまるわかりだったし、フラれたときも号泣してやがったのに。呆れるほどの吹っ切れ具合だ。

まったくさあ、人の気も知らないで。俺はなんてことない顔してたけど、内心めちゃくちゃ心配してたし、ハラハラしてたんだ。そのせいで、なんかやたらもやっとした気分で夏のあいだを過ごすことになってしまった。おかげで十七歳の夏という、人生で一度しかない青春の輝ける時期を、俺はちっとも謳歌《おうか》していない。

ああ、ちくしょう、なんだろね、このもやっとする気持ちは。しかも雫と違って、こっちはもやもやがまだ継続中ときたもんだ。

ぶっちゃけると、俺は雫のことがとても好きだ。それはスミねえとシェード・ツリーになるって約束したからだけじゃないと思う。

だけど、それが恋かとなると一気にわからなくなる。幼馴染という言葉のとおり、こいつのことはオムツをつけてるころから知ってる。学校もずっと一緒。クラスは違うものの、いま通っている高校だって同じだ。そのせいでそんな軽い感情はとっくに超越してしまっている。だって一緒にいるのがデフォルトなんだから。

もちろん俺だって健康な思春期の少年。一緒にいれば、ムラムラしてくることもある。でもそれは雫オンリーってわけじゃない。むしろ、よっぽどのことがないと雫にはしないと言っていい。普通にクラスメートの女子に対しての方がムラムラするし、白状すると商店街を歩いてる四十歳くらいのおばさんにだって俺はたまにムラムラしている。要するに、俺のムラムラ・メーターは政治家の公約並みに信用ならないものってことだ。

でもまあ、ひとつはっきりわかることもある。それはどんな形であろうと、雫がそばにいない人生ってのは考えられない、ということだ。この先ずっと、じいさんばあさんになっても、だ。スミねえとの約束をいつまで守り続ける必要があるのかわからないけど、それはもう確定事項なんだと思ってる。それはたぶん、向こうも一緒。自意識過剰だって？でもそういうのって長年一緒にいると、言葉にしないでもわかるもんなのだ。

とにかく俺は雫がコーヒーを飲む姿を見るたび、微笑ましいような、イライラするような、どうにも居心地の悪い気分になる。子どものころは、もっと単純で気楽なもんだったのになあ。

「なによ？」

カウンターに片肘ついてぼんやり横顔を見ていたら、雫が不機嫌そうにこっちを向いた。

「なにバカヅラで人の顔、ジロジロ見てんの？」

ほんと、こいつだけは……。頭にくると思わない？

俺はわざとテストの話題に触れてやることにした。このあいだまで中間試験があって、ちょうどテスト用紙が返却されたばかりだったんだ。

「なあ、雫よ。おまえ、試験の結果どうだった？　もうけっこう返ってきただろ」

「あ？」

雫は、ますますおっそろしい顔で睨《にら》んできた。ヤンキーかよ、おまえは。

どうやら試験の点数が微妙だったらしい。こいつはとくに理数系全般が絶望的にだめなのだ。俺は数学とか化学とかはかなり得意。というかほとんど勉強してないけれど、いつもクラスで三、四番目くらいの点はとれる。普通に教科書を流し読みすればわかるだろ、と思うけれど、雫からするとそういうことを言われるのが一番ムカつくらしい。

「テスト、見せ合いっこしようぜ」

俺はなおも言った。

「絶対いや」

「え、なんで？　ひょっとしたら今回はおまえのほうがいいかもしんないじゃん」

「あんたの顔を見りゃわかる」

「悔しいか」

「うっさい」

俺はすっかり気をよくして、かっかっかっかっと笑った。

「ま、頭のできの問題だな」

雫はテーブルに突っ伏して、

「ああ、浩太よりちゃんと勉強してるのになんでなの」

と、わかりやすく嘆いた。想像した以上に散々な出来だったらしい。どうりでまったく話題に出さないわけだ。本気で落ち込んでやがる。

こいつのいいところは、こういう素直なところだな。素直で、感情表現が常にストレートだ。そのせいか、本人には自覚はあまりなさそうだがとにかくまあ、みんなに愛されている。俺は愛されるように自分の役割を意識的に演じてるわけだけど、こいつの場合、ほんとうに素のままで愛されているからすごい。スミねえの言うとおりだ。こいつのことが大好きな千代子ばあちゃんなんて、「あらあら、雫ちゃん、大丈夫?」とマジで心配している。

こういうのって持って生まれた才能なんだよなあ、とたまにしみじみ思う。まあ、俺からすればその分からかい甲斐《がい》がないんだけど。

なんにせよ、あんまり落ち込まれるのもどうかと思う。テストが悪いのは決して俺のせいではないけどさ。とにかく俺は少し元気付けてやろうと、こんなときのためにと自宅で練習しておいたギャグを披露することにした。ロボットっぽいカクカクした動きをして、

「シズク、ゲンキダス、オマエ、オレノ、ヨメ」

とこれまたロボットっぽい高い声で言う、めちゃくちゃしょうもないギャグ。

「バッカじゃない」

雫は困惑を通り越して目が点になっていたが、ツボにはまったらしい。こらえきれなくなってふき出すと、げらげら笑いだした。しかたないから、「シズク、ヨメ、スキ、アイシテル」とさらにサービスしてやった。雫はひいひい涙まで流して、笑ってやがった。不思議なもので、好き、とか、愛してる、とかこうやって冗談でならいくらでも言えちゃうんだな。

そうだ、笑ってろよ、と俺は思う。テストの点くらいで落ち込むんじゃねえ。おまえが笑ってないと、俺はどうにも調子が狂っちまうんだ。なにしろおまえも知ってるとおり世の中、もっと辛いことや悲しいことでいっぱいなんだ。テストごときでこのざまじゃ、シエード・ツリーとしての俺の身がもたない。

「やれやれ」

マスターがバカ丸出しの俺たちを見て、すっかり呆れていた。

高校までは自転車で三十分弱。

電車かバスでもいいんだけど、俺は朝の空気を吸い込みながらペダルを漕《こ》ぐのが好きだから、チャリ通学を選んでる。そのほうが定期代がかからないから、母ちゃんにも感謝されるし。

おかげで今年も、腕がポッキーみたいに二の腕から真っ黒という悲しい焼け方になってしまった。それでも下り坂を走っているときに正面から吹きつけてくる風が、日ごとちょっとずつ冷たくなってくるのがわかるのはいい。季節が変わっていくのを肌で感じられるのはいい。なんか、生きてるって感じがする。

試験が無事終わって、しばらく休みになっていた部活も再開され、朝練もはじまった。

俺はバレー・ボール部に所属している。ずっと野球少年だったけど、背の高さを活かせるスポーツを、と思って高校入学時にバスケか悩んだ末にこっちを選んだ。理由は単純。バスケは部員数が多いうえ、練習がハードそうだったから。体を動かすのは好きだけど、部活動なんてあくまで適度にできればいいと思ってる。

ところが俺はけっこうバレー・ボールの才能があったらしい。やってるうちにめきめき上達して、一年のときは先輩たちを押しのけて一年唯一のレギュラー入りを果たし、二年になったいまじゃチームのエースアタッカーにまでなってしまった。ポジションはレフト。

俺のスパイクは面白いほどに敵のコートに突き刺さる。まあ、それもあくまで区内レベルでのこと。全国大会に出ようとか、ましてプロになろうとかそんな大それたことはこれっぽっちも思っちゃいない。顧問の先生は俺に「もっと闘志を燃やせ」とか熱苦しいことをいつも言ってくるけど、そういうのは向いてない。だいたいこの人は試合で俺がちょっとでも熱くなると、「熱くなりすぎるな」と矛盾だらけのことを平気で言うのだ。

しかし、この俺のあまりある才能のせいで、最近ちょっと面倒なことになってたりもするんだな。

今朝も部室にやってきてロッカーを開けると、バレーボール・シューズがどこにも見当たらない。テスト前、最後の練習の際にちゃんと入れておいたのに（持って帰って洗おうとか、そういう殊勝な考えは俺の辞書にはない）、忽然《こつぜん》と姿を消している。シューズに羽が生えて、どこかに飛んでっちゃった？　いやいや、そんなことあるわけがない。

ほかの部員はすでに体育館に行っている。俺はいつも練習開始ぎりぎりに来てるから、時計を見ると、集合時間までもう五分もない。

「あー、面倒くせえなあ」

俺はでかいひとりごとを言って、部室中を探してまわる。と、これが簡単に見つかる。ゴミ箱の中。汚れたテーピングとか真っ黒に変色したバナナの皮とかカップ麺の容器にまじって、俺の八千九百円もしたバレーボール・シューズちゃんが葬られている。

くっだらねえ。

ため息とともに、ゴミを漁《あさ》ってシューズをつまみ出した。でも右足しかない。左は部屋の隅にある扇風機にヒモでぐるぐるに巻きつけてあった。ご丁寧にバナナの皮も一緒にサンドしてある。

こんなことして一体なにが楽しいのか、ちっともわからない。だってこれ、小学生並みの意地悪じゃんか。もうちょっとひねりようはないもんかね。

こういう地味な嫌がらせが、一年の終わりくらいから、かれこれ半年は続いている。

もしも男子トイレの便器にでも突っ込まれていたら、キレるのもありかもしれない。でもこのくらいなら無視しているほうが精神衛生上よい気がする。いや、よくはないけど、俺のせいで部全部を巻き込むような面倒が起きるのは気乗りしない。なんつーか、奴らもそのへんをわきまえてやっているのかもしれない。俺は根っからのいじられキャラだから、男子にも女子にもよくからかわれる。教師だって授業中、俺をオチにして笑いをとる。お遊びの延長のつもりだったと言い訳すれば、相手は浩太だし、と納得されてしまいそうだ。

やっているのは野原《のはら》っていう三年と、そいつの数名の仲間たち。通常三年生は夏の大会で引退する決まりだから、夏までの辛抱かな、と思っていたけど、甘かったらしい。いまだに毎日のように部室にやってきては、受験勉強の息抜きだとかぬかして練習にも参加してくる。

野原ってのは、ねちねちとなめくじみたいにねばっこいやつだ。俺が入部したせいでレギュラーから外されたことをいまだに根に持っている。「おまえのその人をバカにした態度が気にいらねえ」と呼び出しをくらったこともある。そのとき、「えー、なんですか、こわいっすよ、先輩」と俺が適当にあしらったのも、火に油を注いでしまったようだ。

どうも俺は、この手の連中の気持ちを逆撫《さかな》でするのがものすごく上手《うま》いらしい。雫の言葉で言うなら、

「浩太ってなんかこう、飄々《ひょうひょう》としてるって感じだし。それで努力とかぜんぜんしてませんって顔でなんでもできちゃうから、腹を立てる人がでてくるんだよ。あんた、ただでさえでかくて目立つんだから、もうちょっと周りに気を配らなきゃ」

ってことだ。そんなこと言われたって、俺だって困ってしまう。

野原とその愉快な仲間たちを見ていると、人間って嫉妬《しっと》でこうも醜《みにく》くなれるんだなって怖くなる。そのエネルギーをもっと別のものに向ければいいのに。奴にとって俺はそんなに憎い存在だっつうのか？　そのうち俺も同じくらい野原を憎んでしまいそうで、それが怖い。

「浩太ー？」

ドアが遠慮がちにノックされ、部長の寺内《てらうち》がおそるおそるという感じで顔を見せた。俺が遅いから、顧問に部長として様子を見にいくよう言いつかったらしい。

「わりい、いま行く」

俺がシューズをはたいているところを見て、寺内が目をそらす。

「今日、野原先輩が来てたな、俺、一応とめたんだけどな……」

部員はもちろん全員、知っている。でも大抵は見て見ぬ振りだ。まあ、それが賢いと思う。関わって自分までターゲットにされたらたまらんしね。野原は家が裕福だとかで、学校にも取り巻きが多い。教師に取り入るのもうまい。要するに、敵にまわすのは利口じゃない。

気まずそうに下を向く寺内に、俺はおどけてみせた。

「バナナは部室で食ったら、ちゃんと皮持って帰るってルールつくろうぜ。おかげで俺のシューズがえらいことになったぞ」

「いや、それ、おまえがテスト前の練習んとき食ったやつだから」

「あ、そうだった！」

俺が芝居がかった驚きの顔をすると、寺内がほっとしたように笑みをもらした。

「おまえのその強靭《きょうじん》な精神は尊敬に値するなあ。あ、単に鈍いだけか」

「うっせ」

汚れを落としたシューズを履くと、左足に妙な違和感があった。一度脱いで手を突っ込むと、ネチャッとした不快な塊に触れる。噛み終わったガムが入ってるらしい。よくまあ、やってくれる。でももう時間も迫っているし、寺内も見ているから、俺は諦めてまた履いた。ドアの前で待っていた寺内と一緒に体育館へ急ぐ。

こんなのはどうってことない。この程度のことで傷ついちゃいられない。

俺は、自分にそう言い聞かせる。

十月、最初の土曜日。部活は午後練だけだったけど、早めに家を出た。

なにしろ近頃じゃ家にいると、洋平がうるさくてかなわない。八つ下の弟は、遊びたい盛りで、隙あらば、兄ちゃん遊んでくれ攻撃を繰り出してくるのだ。

今日も朝から絶好調。仕方がないのでプロレスごっこと称して卍固め《まんじがため》を食らわせたら、ちょっと力を入れすぎたらしい、大泣きされてしまった。それで洋平ときたら、母ちゃんに告げ口するためキッチンへ全力で走っていった。俺は洋平が巨大トロールを従えて戻ってくる前に、とんずらすることにした。帰ったら、修羅場が待っていることだろう。

からりと気持ちよく晴れた秋の空の下。俺の家に負けず劣らずの、古い家ばかりがずらりと並ぶ細い道。この辺の土地は大抵、昔から寺の借家って形になってる。土地持ちは少なく、俺んちも当然借家。古い町並みがいまだに残ってるのは、実は人の土地だから好き勝手に改装やら建て増しやらができないって理由もあるわけ。

　そんな古い家々を抜けながら、俺の足はいつものように自然とトルンカへ向かう。

　きっと、雫のアホみたいに明るい笑顔を見ておけば、またくだらない嫌がらせがあっても俺はそれを思い出し、平常心を保つことができる。

　あれ、なんか俺、雫に依存してるみたいじゃね？　いや、違う。あいつの様子を毎日見るのも、シェード・ツリーの役目なのだ。

「そこの少年、そんなに急いでどこに行く？」

　途中、花屋の前でそう声をかけてきたのは、絢子《あやこ》ねえちゃんだった。男物みたいなサイズの大きなダンガリーシャツの袖《そで》を肘までまくりあげ、花屋のエプロンのポケットに両手を突っ込んでこっちを見ている。

「どこって、トルンカだけど？」

「だと思った」

「そっちこそ、なに油売ってんの？」

「これのどこが油売ってるように見えるのよ、汗水垂らして働いてるでしょ。〈常識とは、十八歳までに身に付けた偏見のコレクションである〉って覚えておきな。アインシュタインの言葉だよ」

「はあ？」

意味がわからず首を傾《かし》げる俺を、絢子ねえちゃんが手招きしてくる。

「そんなことより浩太、ちょっとおつかい頼まれてよ」

絢子ねえちゃんはイラストレーターの本業だけじゃ食べていけないとかで、普段この花屋でバイトしている。花が売れ残ると、かわいそうだからとトルンカによく持ってきている。今日は仕事で寄れないから、俺に持っていってくれと鉢植えを渡してきた。鮮やかなピンク色をしたきれいな花だ。

「なんて花？」

「キンギョソウ。花の形が金魚がひらひら泳いでる姿に似てるから」

「ああ、なるほど」

「可愛いでしょ？　トルンカの雰囲気に合うと思ってさ。てことで、お願いね」

俺は鉢植えを受け取りながら、ゲームでアイテムを手に入れたときを真似てみた。

「テッテケテー。浩太はキンギョソウを手に入れた！」

絢子ねえちゃんが無表情でこっちを見てくるので、俺はそそくさとその場を離れた。

ふう、怖かった。

どうもこの絢子ねえちゃんという人が昔から苦手だ。いや、いい人なのだ。面白いねえちゃんだし、いつもこざっぱりした格好をしてるけど、わりと美人だし。でもこの人といると俺はどうも落ち着かない。全部見透かされてしまうような気がして、それで一緒にいるとそわそわしてしまう。妙に鋭いところがある人なのだ。スミねえの死後、俺がしくしくする胃の痛みに耐えて必死に明るく振るまってたときも、「子どものくせに無理すんじゃないよ」と額を突っつかれて慌てた記憶がある。

とにかくそうして花屋で余計なアイテムを手に入れつつ、トルンカに無事たどり着いた。

「浩太さんのご来店だぞ」

俺は重々しいドアを開けながら言った。

でもなんか変。店内がやけに騒がしかった。マスターに雫、バイトの修一《しゅういち》君にお客さんと、雁首《がんくび》そろえてなにやら話し込んでいる。

一番入口近くに立っていた滝田のじいさんをとっつかまえて訊ねると、なんでも映画会社のスタッフがさっきまで交渉に来ていたとか。トルンカで映画の撮影をさせてほしい、とかそんなことを頼んできたんだと。マスターは最初こそ断っていたが、相手があんまりにも必死で頼んでくるから、休みの日ならいい、と結局了承したのだという。

当日はエキストラとして常連たちにも来てほしいと聞いて、

「マジ？ てことは、俺もついにデビューか？」

と俺は興奮した。

「なんでそうなる！」

カウンターにいた雫がわざわざツッコんでくる。グッジョブ。俺は気をよくして、うへへと笑った。

それにしても、映画ときたか。もちろんデビューってのは冗談だが、トルンカで撮影なんてほんとにすごいことだと思う。いくらしつこくされたからとはいえ、マスターが撮影をオーケーしたというのも驚き。いままでだって雑誌の撮影依頼とかが来ても、頑として断っていたのに。

「なんだかんだでマスターもミーハーだね」

俺がからかって言うと、

「菫が好きだった映画監督だったんでな」

とマスターは、俺にだけ聞こえる声でぽつりと言った。

「へえ、スミねえの……」

つられて俺まで小声になってしまった。ああ、ミスった。俺はすぐに弾んだ声で、

「マジか、ウケるわ！」

と強引にかぶせる。なにがウケるのか、言った俺ですらさっぱりわからない。機転がきかないにもほどがある。まだまだ修行が足りない。でも俺の言うことは大抵意味がないので、特に誰も気にしない。それが救いといえば救い。

「その監督の映画、どうやって観れるの？　配信されてるかな」

俺はマスターになんの気ないふりして訊いてみた。

「さあ？　菫はいつもレンタルで借りてたぞ」

「ふうん」

キンギョソウは窓辺に飾られることになった。絢子ねえちゃんの言葉どおり、その金魚みたいなピンク色の花はけっこうトルンカの雰囲気に合っていた。

俺は部活が終わったら、レンタルショップに行って、スミねえが好きだったっていう監督の映画を探してみようかと思った。


俺のシューズは、今日もしっかりロッカーから移動していた。これを怪奇現象と呼ばずなんと呼ぶ。おまけに入れっぱなしだったTシャツまで消えている。

どうも俺のロッカーは、異世界とつながっているらしい。鍵でもつけりゃ話は早いんだろうけど、学校側は部室のロッカーに鍵をかけるのをきつく禁止している。規律の乱れを防ぐとかそんな理由らしい。なるほど、鍵をかけられるなら酒でもたばこでもドラッグでもエロ本でも、とにかくヤバいもんはみんな、そこに放り込むに決まってるもんな。

シューズはすぐに見つかったけど、Tシャツはどこにもなかった。どうせ三枚千円で母ちゃんが買ってきたTシャツだし、別になくなったからといって困りゃしない。にしても、あんな汗でべとべとのTシャツを持ち出すとか、ひょっとして野原は俺を好きなんじゃないだろうか。小学生男子が好きな子をいじめちゃうみたいな。考えたら、ぞわっと鳥肌が立った。いや、あいつにはたしか同じ学年に彼女がいた。しかもけっこう可愛い子。ああ、なんであんな奴には彼女がいて、俺みたいなナイスガイにはいないのか。それこそ怪奇現象だ。

「おまえも大変だなあ」

たまたまそばにいた助川《すけがわ》という同じ二年の部員が、ちっとも興味なさそうに言った。

「ん？　ああ、まあね」

「浩太もやり返しちゃえば？　俺、手伝うよ」

助川はシューズを救出中の俺を見ながら小声で言ってきたけど、こいつの性格上、問題になったら真っ先に逃げ出すのはわかっていた。

「やらねえよ。浩太さんを見くびってもらっちゃあ困る」

「なんだよ、つまんねえ」

助川のあまりに無責任な発言に、俺は一瞬目の前がかあっと赤くなるのを感じた。でも深呼吸をして気持ちを落ち着ける。やっぱり俺は修行が足りない。

「だって野原先輩こわいもん」

俺はへらっと笑った。

「おい」

まるで外から様子を窺《うかが》っていたみたいなタイミングで、ドアが開いて野原が顔を見せた。

「なにやってんだ？　待たせるんじゃねえよ」

奴の顔にはいつものねばっこい笑みが浮かんでいる。挑発的な、へらっと情けなく笑う俺を軽蔑《けいべつ》するような表情。だけど俺はもちろんそれを相手にせず、

「いま、行きますよ」

と返事して、さっさと部室を出た。

夕方、部活が終わってから、レンタルショップにてマスターから教えてもらった春日井《かすがい》照彦《てるひこ》という監督の映画を二本借りた（その際に18禁コーナーをこっそり覗いたのは内緒だ）。「愛の続き」ってのと、「ひとり漂う」っていう、なんかこっぱずかしいタイトルの

やつだ。

で、家に帰り、トロール、じゃなくて母ちゃんから洋平を泣かせた件でさんざんお叱りを受けたあと、自分の部屋で早速観た。「ひとり漂う」よりは「愛の続き」のほうがまだ恥ずかしくない気がして、そっちをプレイヤーに突っ込んだ。

しかし、これがおそろしく退屈なものだった。見事なまでになにも起こらない。レンタルした際にパッケージに「ささやかな日常を淡々と静かに描く」みたいな説明書きがあったから嫌な予感はしていたが、ひたすら主人公である若い女の日常――恋人とのどうでもいい諍いとか職場での出来事とか故郷の母親との電話――が延々続く。耐えられなくなって開始二十分を過ぎたあたりから1・5倍速再生にしてみたけど、それでも苦痛だった。知ってる役者もひとりとして出てこない。

どうやら俺には、こういうタイプの映画のよさがまったくわからないらしい。ドンパチしたり、宇宙人が地球に侵略しにくるとか、そういうほうが向いている。ビルが崩壊したりヘリが吹っ飛んだり氷河期がきたりしてほしい。もちろん、それは映画のなかでってことだ。実際にそんなことが起きるのを望んだりはしない。なんつーか、映画だからこそ非日常を味わいたい。

俺のようにごく平凡な日常を送っている人間が、映画でも平凡な日常を体験することになんの意味があるんだろう。落ち着かないじゃん、誰かの人生を覗き見てるみたいで。感情移入とかしたくないじゃん、そういうのって疲れそうじゃん。

でもまあ、スミねえらしいね、とも思った。

「普通の日々を生きることが一番尊いのよ」

とか、そんなことをよく言っていたのをふと思い出す。もしスミねえが生きていたら、映画の撮影をさぞかし喜んだんだろうな。あの人が柄にもなくはしゃいでいるところを、ちょっと見てみたかったな。

画面を見ながらぼんやりそんなことを考えていたら、練習の疲れもあったのか、いつのまにか眠ってしまっていた。

平凡な俺の日常は、その後も平凡に過ぎていく。

先輩方の嫌がらせがエスカレートしてきていることをのぞけば、だけど。

俺はだんだん野原たちからなにか被害を受けるたび、笑えてくるようになった。なんか一周回って面白くなっちゃったのだ。

いいぞ、もっとやれ。

踏みにじられたTシャツやカッターで切られたテーピングを見て思う。

もっとやれ、遠慮なんて、すんな。

そうすりゃ俺もおまえらをもっと憎むことができる。

そうして怒りがマックスになったとき、俺は無慈悲なダークヒーローとなっておまえらをボッコボコにするだろう。

そこまで考えてから、はっとなった。なんか俺、すごい嫌な感情にとらわれてないか。なんか人を憎めるのを喜んでるみたいな。それを快感に思っているような。待ち望んでいるような。

こいつは危険だ。俺が一番行きたくない世界だ。どうやら野原たちの行いが、ボディーブローのように効いてきてるらしい。

夜、明かりを消して横になっていると、考えたくないのに考えてしまう。そうして考えれば考えるほど、胸の中で雨雲が渦巻いているみたいに気持ちがどよーんと重くなる。

部活をサボって、トルンカに行く日が前よりも増えた。以前もたまにはサボっていたけど、そういうレベルの話じゃなかった。

トルンカはいい。落ち着く。気持ちが暗くならない。ゲームをやっても漫画を読んでも晴れない気持ちが、ここにいるとましになる。まるでやわらかい繭《まゆ》に包まれてるみたいだ。どんな醜い感情も繭の中までは侵入してこない。もっともそのせいで雫に不審がられてしまったけど。

「ねえ、浩太。あんた、どうしちゃったの？」

あの雫がだよ？　やけに遠慮がちに言うのだ。

「なにが？」

でも、俺はすっとぼけておいた。

「だってここのところ、ぜんぜん部活行ってないじゃん」

「ああ、うん、だな」

突っ込んでこられると、歯切れ悪くしか答えられない。

「なんかあった？」

「なんかってなにが？」

俺は逆に訊《き》き返した。

雫は、俺が適当にしか答えようとしないものだから、あからさまに不機嫌になった。でもまあ、知ったこっちゃない。こいつに言ったら余計な心配をされるに決まってる。そっちのほうが俺にはしんどい。

そうこうしてるうち、映画の撮影日になっていた。

十月半ばの土曜日。その日は朝からどうにもはっきりしない空模様だった。いまにも雨が降り出しそうな、すぐにでも太陽が顔を出しそうな。要するに、いまの俺の気分みたいだった。

撮影の話を聞いた日ははしゃいで見せたものの、正直作品がつまらなすぎたせいで、俺はもうほとんど興味を失ってた。ひたすら眠い映画のワンシーンを撮るんだから、下手すりゃ見学してるうちに寝てしまいそうだなあ、なんて思っていた。つっても、ここ数日、雫がやたら張りきってそれこそ厨房《ちゅうぼう》の隅っこまで掃除していたのを見ていたし、行かないのもなんかなって気分だったしね。

でも。でも、だよ。

店の重たいドアを開けて、俺はカチンと固まった。目の前の光景にあんまり驚きすぎて、入口に立ち尽くして、言葉を失ってしまった。

嘘だろ。

俺の視線は、一番奥の窓際の席に吸い込まれるように向けられた。そこには若い女の人が座っている。頰杖《ほおづえ》をつき、物憂げな、なにかじっと考えこんでいるような表情で、窓の外を眺めて。

胸がつまって、思うように息ができなかった。象の群れが押し寄せてきたみたいに、心臓がドドドとすさまじく鳴った。

スミねえだ、と俺は思った。スミねえがいるぞ、おい。

通路には、大きなカメラが設置されている。その周囲に数名の男たち。誰がなんの役割かまではわからないが、映画のスタッフらしい。カメラのレンズは座っている彼女に向けられている。

どうなってんだ？　俺はタイムスリップでもしちまったのか？　そうじゃないと説明つかねえよ。スミねえはとっくに死んじまったんだ、それなのに——。

「ちょっと浩太ったら」

「え……？」

慌てて振り向くと、

「なにしてんのさ、さっきから。邪魔になるから早く入んなよ」

撮影の邪魔にならないようにとカウンターの中に控えている雫が、いぶかしげにこっちを見ていた。

雫、おまえにゃあれが見えないのか？　スミねえがいるんだぞ？　なんでそんな平気な顔してんだ？

だけど再度目を向けると、そこにはぜんぜん知らない女が座っていた。

俺は思わず目をしばたたかせた。

あれ、どうなってんの？　だってさっきまで……。

いや、違う。おかしかったのは、どうやら俺の目だったようだ。窓際に座っているこの女の人——どうやらこの映画の主演の女優らしい——が一瞬スミねえと重なって見えただけ。だって彼女がスミねえだったのを除けば、あとはさっき見た光景と全部一緒だ。撮影スタッフがいて、カメラがあって。なんか男たちの真ん中で、太ったおっさんが汗だくになって怒鳴り声をあげていて——どうやらその様子からして、このおっさんが監督の春日井って人らしい。

雫はちっとも不思議に思っていないらしい。

「ちょっと浩太ってば」

と、カウンターからしつこく俺を呼び寄せる。マスターもコーヒーを淹れる作業に集中して、女優のほうには目もくれない。

たしかに改めて見返すと、スミねえにはさほど似ていない。強いて言うなら、少しきつめの切れ長の瞳が同じってとこか。この人のほうが鼻も高いし、顎《あご》もシャープ、顔も小顔。どこを比べても、似たパーツはない。彼女の服装はエスニック調でだらっとした白いシャツにだぼっとしたジーンズ姿で、古着屋の店員のお姉さんみたいだ。ワンピースばかりだったスミねえとは、やっぱり違う。だけどなんでなんだろう、なにかが胸に引っかかる。いつまでも入口で棒立ちになっているわけにもいかず、カウンターを下からくぐって中に入った。それでも視線はテーブル席の女に釘付けだ。

「浩太ってば、さっきからジロジロ見すぎだから。いくらきれいだからってどんだけ見とれてんのよ」

雫が肘でわき腹を小突いてくる。

「おまえ、あの女優さん、誰だか知ってる？」

「田所《たどころ》ルミじゃん」

「有名なのか？」

雫が田所ルミも知らないのか、と呆れた顔をする。

「ちょっと前までよく連ドラでも脇役で出てたじゃん。最近は二時間サスペンスの殺され役ばっかりやってるけど。この前は断崖《だんがい》絶壁から突き落とされてたなあ」

いやいや、そんなマイナーな女優、知ってるわけないだろ。

俺は尻ポケットからスマホを取り出すと、田所ルミでワード検索してみた。真っ先に出てきたのは、現在撮影中のこの映画に関するニュース記事だ。「二十八歳で念願の初主演！　大胆ヌードも披露！」と見出しがある。

記事ではオブラートに包んであるが、いま目の前で怒鳴り散らしている春日井監督って中年太りのおっさんは、少し落ち目の女優を主演に抜擢《ばってき》し、作中で一度は脱がせるのをお得意としてるらしい。過去の作品でも主演の女優はみんな、ヌードシーンを披露しているんだと。おいおい、聞いてないぞ。早々に寝落ちしてしまった俺はそんなシーンにお目にかかってない。くそ、もうＤＶＤ返却しちゃったよ！

「あんた、なに悔しがってんの？」

「いや、なんでも」

そうだ、そんなことはどうだっていいのだ。俺が知りたいのは、なんで一瞬でもあの人がスミねえに見えたかってことだ。

「なあ、雫」

「ん？」

「あの人さ、ちょっとスミねえに似てると思わん？」

俺は雫に耳打ちして田所ルミを顎で示した。田所は、待たされていることに飽きたのか、人目も憚《はばか》らず大口開けてあくびをかましてるところだった。そしてショートカットの髪をさっと適当に整え、また退屈そうに窓の外に顔を向ける。初主演だっつうのに、堂々としたもんだ。相当、肝が据わっていると見た。まあ、芸能人なんてそうでないとやってられないのかもしんないけど。

「どこが似てるって？　あんた、目が腐ったの？　雰囲気も服装も髪型もなにからなにまでぜんぜん違うじゃん」

雫が俺の問いに猛然と抗議してくる。スミねえのこととなると、こいつはすぐに熱くなるのだ。

「あっそう」

「そりゃあ、すっごいきれいな人ではあるよ、でもお姉ちゃんとは似てない。だいたいお姉ちゃんは人前で大口開けてあくびなんてしない」

雫がダメ押しにと、もう一度言う。たしかに人前で大口開けてあくびするスミねえなんて、想像もつかない。

だけどさ、そういうことじゃないんだよな。

俺と雫とでは、スミねえというひとりの人間に関して、見方がずいぶん違うらしい。雫は、服装とか顔とか佇《たたず》まいといった基準で似てる似てないを判断してるようだ。そういえば以前、修一君の彼女の千夏《ちなつ》さんがスミねえに似ていると言っていた。読書好きで無口で服装の趣味が似てるのだ、と。でもそれは、俺にはちっともピンとこなかった。俺が言いたいのは、もっと別の部分なのだ。

ああ、もっとそばで見てみたいな。

むずむずして、店の隅っこでじっと立っているのがもどかしかった。

と、春日井監督が急に俺たちの前で立ち止まり、「そこの人」と話しかけてきた。田所ルミの隣のテーブルに座るエキストラがほしい、とのことだった。俺はこれ幸いとばかりに真っ先に名乗り出た。

「違う違う、君じゃ若すぎる」

監督が太鼓腹を揺らしながら選んだのは、遅れて見学に現れた千代子ばあちゃんだった。絵的に、どうしてもばあさんがほしいんだと。なんかミもフタもない人選だ。

くっそ！

俺は胸のうちで思いっきり舌打ちした。こんなになにかを悔しいと本気で思ったのは、久しぶりだった。


「お疲れさまでした」

撮影が無事終わると、田所ルミはそっけない声でつぶやいて、いの一番にトルンカを出て行ってしまった。ドアの前に集まっていた見物客を蹴散《けち》らすように、つんと顔をあげて路地を歩いていく。脇に追いやられたみんなは、彼女のオーラにやられて声もでないようだった。

その威風堂々とした姿に、俺はしばらく見惚《みと》れてしまった。モーゼみたいじゃん。でもすぐに我に返り、慌ててあとを追った。やっと彼女と話すチャンス到来。逃す手はないってもんだ。

「あの！」

田所ルミは少し先で民家の塀によりかかり、たばこをふかしていた。隣には携帯用灰皿を持ったおばさん。この、うちの母ちゃんに引けをとらない体格のおばさんが田所のマネージャーらしい。小雨が降り出し、おばさんは素早く傘を開いて田所を雨から守った。

「なにさ？」

目が合うと、田所は睨むように見てくる。近くで見ると、化粧で隠していたけど、ほっぺたに大きな吹き出物があって、俺は、ああ、この人もちゃんと人間なんだなと思ってなんとなくほっとした。

「サイン、くれません？」

「やだ」

光の速さと見まごう即答だった。でも、俺もめげなかった。つれなくされるのは雫で慣れっこだし。

「弟がファンなん――」

「やだよ」

彼女はまた即答した。

「まだ九歳なん――」

「やだ」

「じゃあ、サインはいいんで握手してください」

「ファンなのは弟でしょ」

「俺も今日でファンになりました」

しつこく食い下がる俺を、田所ルミが値踏みするように上から下まで見た。それからいかにもしぶしぶという感じで、たばこをオッサンみたいにくわえたまま、俺の手を握った。

「これでいい?」

「どうも」

「じゃあもう行きなよ」

野良犬でも追っ払うみたいに手をヒラヒラさせる。マネージャーのおばさんも横でこくこく頷く。

俺は、路地に突っ立ってにやにや笑っていた。突然こみ上げてきた、うれしさと懐かしさでいっぱいで。

ああ、やっとわかったぞ。このちょっとひねくれた感じ。そうだ、この感じがスミねえと似ているのだ。どこか一筋縄じゃいかないような、ちょっぴり意地悪そうな感じが。普段、スミねえがあんまり見せなかった部分。だけどときどき見せるスミねえのそういう意地悪なところが、俺はすごく好きだった。

俺が真っ先に思い浮かべるスミねえは、トルンカの隅っこの席に座っていた姿だ。ちょっと近寄りがたくて、恐れ多いような雰囲気を放っている、あの感じ。

そう、雫にはいつも親切でよきお姉さんって感じだったけど、やんちゃでこうるさい俺の前では、底意地の悪い面をけっこう平気で見せていた。

俺ってマゾなのかしら？　でもスミねえがそういう家族にも見せたがらない態度を俺にだけ見せてくれるのが、うれしかったんだ。二人だけの秘密って感じがして、それが誇らしかったんだ。

――ねえ、スミねえ。俺が大人になったら結婚してくれる？

――いいよ。その代わり、掃除も洗濯も料理もコウちゃんがしてね。

――ええ？　じゃあスミねえはなにするの？

――私はその横で本でも読むわ。三食昼寝、読書三昧《ざんまい》が私の夢だから。

——きったねえ。

——いやなら結婚してあげない。雫としなよ。

——いやだよ、あいつ、鼻水なすりつけてくるもん。

——あら？　私ももう百回はコウちゃんにやってるよ。気づいてなかった？

楽しかったやりとりの断片が、頭の中によみがえる。適当にあしらわれてたって気もするけど、そういうとき、スミねえはとても楽しそうに笑っていた。

「キモイなあ、君」

田所ルミがずっと笑っている俺を見て、実に嫌そうに言った。

いい表情するなあ、この人。美人なのに、なんとも絶妙に嫌そうな顔をする。俺がこの人を一瞬でもスミねえと勘違いしたのは、いうなれば直感が働いたから。俺が一番好きだったスミねえの雰囲気を、この人に感じたから。こういう絶妙な底意地の悪さを持った若い女と、スミねえ以外じゃはじめて出会った気がする。

この人ともっと仲良くなれないかなあ。俺は心底そう思った。

「俺とメアド交換しません？　ＬＩＮＥでもいいけど」

「は？　なんであたしが君と？」

俺の言葉があんまりにも突拍子がなくて、「やだ」と即答できなかったらしい。本気でびっくりした顔をしている。

「だめっすか？」

「だからなんでなのって」

「高校生男子の友だちとかいりません？　いまならお安く手に入りますよ」

「いらない、ジャパネットたかたじゃあるまいし……。てか君、高校生なの？　でかいね」

　そういう田所ルミも女優だけあって背が高い。ぺたんこシューズのくせに、百八十近くある俺と目線が一緒だ。

「だめっすか？」

「必死だなあ。こわいってば、君」

　田所は「なんなの、このクソガキは」とずっと俺たちのやりとりを見守っていたマネージャーのおばさんに助けを求めた。するとおばさんは、その巨体でもって俺の前にずいと立ちはだかった。俺ってば相当危ない奴に見えちゃったようだ。まあ俺がこんなに必死になる理由がわからないんだから、当然だけどね。

　雨が本降りになってきた。トルンカのほうから若い男のスタッフが駆け寄ってきて、今日の残りの撮影が中止になった旨を告げると、また戻っていった。田所はたばこを携帯用灰皿に捨てると、顔をしかめて俺を長いこと見つめた。

「君、時間あんの?」

「いまから?」

「そう」

マネージャーがなにか言いかけたのを、田所が手で制した。

「暇だしさ、ちょっと付き合ってよ」

「いいですよ」

なんで彼女がそんな気になったのかわからなかったけど、俺は大喜びで即答した。


田所ルミは商店街の中で浮きまくっていた。帽子をかぶって眼鏡をかけてと一応変装らしきことをしてみても、なにしろスタイルが日本人離れしている。歩いているだけで、人の目を引かずにはいられない。

俺は、この思いもよらない展開にかなり興奮していた。だってスミねえに似た人とこんな風に一緒にいられるなんて。おまけに相手は大人の女性で、マイナーといえどもれっきとした女優なのだ。主演女優なのだ。大胆ヌードだって披露してしまうのだ。でもそう思うと、さっきまでの勢いはどこへやら、俺は途端に借りてきた猫みたいにおとなしくなってしまうわけで。まだウブな男の子だもん、仕方ないよね。

「なんかさ、面白いところないわけ？」

みんなの注目なんておかまいなしに堂々と歩く田所が、そっけなく俺に訊ねてきた。

「面白いところっすか」

「そう、だって君がデートに誘ったんじゃん。エスコートするのが当然でしょ」

田所がふんと鼻を鳴らして言う。

あれ、なんか違くね？　連絡先教えてとは間違いなく言ったけど、デートに誘った覚えはないのだが。

とにかく面白い場所、だ。どっかないのか。人生初のデートにしてはいろいろ難易度が高すぎる。どうしよ、困ったな。

「カラオケでも行きます？」

「やだね、疲れる」

即答された。まあ、そう言われる気がしたんだけどね。でも、そんならどうしたらいい？　カラオケがだめとなると、ほかに打つ手がない。この雨の中、俺たちはどこに向かったらいい？　あんまりまごまごしてると、「もう帰る」と平気で言い出しそうだ。

俺が必死に頭を捻《ひね》っていると、

「にしても、ずいぶん古臭い街だな」

と、田所が谷中銀座商店街の平穏な様子を眺め、ひとりごとのように言った。

「まあ、下町ですからね」

生まれも育ちも谷中の俺にとっては、その景色こそが日常なのだが。

雨が降っても槍《やり》が降っても、飯を食うのは変わらない。商店街は傘をさした奥様がたでひしめいていた。その中で俺と田所がさす傘は、頭ひとつ飛び抜けていた。

「でも嫌いじゃないよ、こういう雰囲気。普段来ないからちょっと新鮮」

「普段はどういうところで遊んでるんですか」

「そりゃあバーとかクラブとか？　顔が見えにくい場所のほうが安心するから」

「へえ」

俺にはまだまだ遠い世界だ。いや、どうかな。俺は大人になってもそういう場所で楽しめる奴にゃなれない気がする。

商店街通りなんて歩幅の長い俺たちが歩くと、あっという間に終点に来てしまう。仕方なくそのまま惰性で道なりに歩いていたら、田所が不意に前方を指さした。

「あそこはなんの店？」

「え、あれっすか？　駄菓子屋だけど？」

その駄菓子屋は、俺もガキのころよく世話になった店だ。一体いつから建っていたのかすら謎な古い店。お地蔵さんみたいなちっこいおばあさんが、ずっとひとりでやってる。雨のせいで戸は閉じられていたけど、営業はしているらしい。ガラス越しに薄暗い店の様子が窺える。

俺からしたらちっとも珍しいものではないけど、田所は思った以上に食いついてきた。十円とか三十円とか安いお菓子ばかりがずらりと並ぶ中の様子を見て、

「へえ、駄菓子屋ねえ。いまどきそんなもんあるんだ」

と、妙にうれしそうだ。あれ、そんなんでいいの？　一応、俺が「入ってみます？」と訊くと、うん、と素直に頷く。というか、答えるのと同時に戸をガラガラ開けていた。

六畳ほどの狭いスペースに充満する、砂糖やソースがまじった甘辛い香り。ああ、そういやこんな匂いだったなあ、と俺は田所のあとに続きながら思い出す。昔は雫としょっちゅう来ていたのに、いつの間にか前を素通りするだけになっていた。中に入ったのなんて、何年ぶりだろう。洋平はいまだ学校帰りにしょっちゅう寄っているらしいが。

「なんか懐かしいなあ」

透明の容器に入った毒々しい色のイカの足を見て俺が言うと、

「懐かしいってほどの年じゃないでしょ」

と田所が笑う。この人が笑っているところをはじめて見た。唇の端だけを持ち上げて笑う、ニヒルな笑いかた。その笑いかたも、スミねえと共通するものがたしかにあった。

お菓子だけじゃない、懐かしいおもちゃもいっぱいある。風船とかスーパーボールとかぴゅーぴゅー鳴る笛、竹とんぼ、シャボン玉。それに、発泡スチロールの飛行機。この飛行機はゴムで飛ばすんだけど、これがまたちっともうまく飛んでくれない代物なのだ。おばあさんもちっとも変わっていない。俺のことを覚えていてくれて、「あら、鈴村《すずむら》さんとこのいたずら坊主じゃない」と座布団の上にちょこんと正座して声をかけてくる。「どもっす」と俺も答える。

「そっちの人は?」

おばあさんの問いに、俺は適当に答えた。

「うんと、親戚《しんせき》の姉ちゃん、かな?」

「はあ、きれいな娘さんねえ」

おばあさんが目を丸くするのをよそに、田所はさっきから瞳をきらきら輝かせて商品棚を丹念に見ていた。で、なんかおそろしい量の駄菓子とおもちゃを買った。大人買いってやつだ。

「どうもありがとね」

おばあさんに見送られ駄菓子屋を出ると、田所はなにを思ったのか、いまから買ったおもちゃで遊びたいと言い出した。

「雨っすよ」

俺が渋ったら、

「いいじゃん、別に」

とたちまち不機嫌な顔になった。

わあ、こわい。あまり機嫌を損ねるのもまずいと思い、俺は仕方なく言われるままに一番近くにある小さな公園まで案内した。

それで、雨が降る少し肌寒い公園で、俺は田所が竹とんぼを飛ばしたり、ベーゴマをまわしたりするのを横で傘をさしてやりながら見守った。知らん人が見たらなにしてるんだろうと不審がる光景だったろうが、付き合ってる俺もなにしてんだろって気分だった。

片手に傘をさし、片手でうまい棒を食べながら、

「楽しいですか？」

俺が困惑するのをよそに、

「楽しいね」

と、弾んだ声。

実際、田所はすごく楽しそうだった。灰色の雲が広がる空に向かって、シャボン玉を飛ばしながらきゃっきゃきゃっきゃ子どもみたいにはしゃいでいる。なんかずっと見ているうち、俺はその姿にだんだん癒されてくるのを感じた。肩はぐっしょり濡れて不快だし、知り合いに見られたら嫌だな、と思いながらも、妙に心が軽くなったような気がした。

「ねえ、田所さんはさ、なんで女優になろうって思ったの？　やっぱ子どものころから美人だった？　ちやほやされて育った？」

なんとなく俺はそう訊ねてみた。

「なんなの、急に。別に誰からもちやほやなんてされてないんだけど」

田所はシャボン玉にまだ夢中で、こっちを見もしない。

「でも美人なら得することも多いでしょ」

「あたし、整形だから。子どものころ、ブスだブスだって死にたくなるくらい言われてさあ。あいつら全員見返してやるって呪《のろ》って、そんで女優を目指したの」

「え？　マジ？　で、見返せた？」

「いや、顔変えすぎたせいで誰もあたしと気づいてくれない。本名もぜんぜん違うしね」

「ぶはっ」

面白すぎて、俺はうまい棒を喉《のど》につまらせてしまった。

「ウソに決まってんでしょ」

彼女はそう言うとちょっとだけこっちを向いて、君、からかい甲斐があるわ、と意地悪く笑った。

「結局どっち？」

「さあね。どっちにしろ君には関係ないんじゃない？」

「まあ、そうなんだけどね」

そう言われると、ほかに訊きようもない。たしかに俺とこの人は、ぜんぜん関係ない。今日会ったばかりだし、住む世界もまったく違う。

「でもさ、そういうこと言っちゃっていいんすか？　俺、信じちゃって今日家に帰ったらネットに書き込むかもよ。田所ルミ本人から聞いた話だってさ」

「いいよ、別に。君がどこでなにを言いふらそうが、あたしの世界をこれっぽちもゆるがすことなんてできないから」

「ほえー」

俺は思わず声をあげた。いまのセリフ、超カッコよくね。

ちょっとでもこの人のことを知ろうといろいろ訊いてみたのに、余計に謎が深まってしまった。でもここまでどうでもよさげに言われると、別に無理に知ろうとしなくていいじゃん、という気になってくるから不思議。

田所は、ふんふん～と鼻歌を口ずさんでいた。「なんの曲？」と訊ねたら、ビートルズの「アクロス・ザ・ユニヴァース」だ、と言った。〈何ものも私の世界を変えられはしない〉って、そういうフレーズが出てくる歌なんだ、と。

この人、すげえな。このくらい突き抜けられたら、俺ももっと楽に生きられるんかな。そんなことをふと思った。

どのくらいその場にいたんだろう。周囲はすっかり暗くなっていた。公園内の外灯がぽつぽつと灯り、光の中を針みたいな細い雨が降っていた。

「雨強くなってきたし、そろそろ帰るかな」

田所はたっぷり遊んで満足したのか、外灯に照らされた横顔は、最初に見た不機嫌そうな表情よりやわらかくなっている気がした。

「あ、そうすか」

なんだかやけに名残惜《なごり》しい気持ちだった。とはいえ、どうしたいという具体的な希望もない。金もないし、おもしろスポットも思いつけない俺にほかに選択肢はない。

結局大して食べなかった田所が買った駄菓子は半分こしようということになり、二つのビニール袋に分けた。それで、このままタクシーで帰るというので、大通りまで道案内がてら送っていくことにした。

田所の乗ったタクシーが出発する直前、俺はドアの隙間から言った。

「また会えます？」

後部座席に座った田所はちょっと肩をすくめた。それからバッグをごそごそやり出して、俺になにか差し出してきた。名刺だ。田所ルミ、と名前があり、メアドと電話番号も記されている。

「でもメールはしない主義なの。してきても返信しない」

「電話ならいいの？」

「まあ、気が向いたら。けっこう楽しかったよ」

なんにもした覚えはないけど。ただ隣で傘さしてただけだけど。でもそう言われて、悪い気はしなかった。

「撮影ばっかで息が詰まりそうだったわけよ。なんかいい息抜きになったわ」

「そうすか」

ドアがバタンと閉まり、彼女を乗せたタクシーが雨の中を走り去っていった。

俺は家に帰ってから、もらった名刺をお守りみたいに財布の中に入れておいた。別に本気で連絡しようとは思わなかったけど、そうしてあの人とつながっていると思えるのは不思議と俺を安心させてくれるのだった。

　その夜は、久しぶりに深く眠ることができた。


　週明け、俺は放課後、バレー部の部員たちから呼び出しをくらった。場所は部室棟の建物の裏。そこに部長の寺内を筆頭に、二年生全員が顔をそろえていた。総勢、八名。

「なんでおまえ、部活来ねえの？」

　寺内が代表して俺に訊ねた。みんな、びっくりするくらいおっかない顔をしていた。

「なんでって……」

　空気がピリッと張り詰めているのは、冬が近づいて肌寒いせいだけじゃない。こっちがちょっとでも動くだけで、奴らから不穏な空気が漂ってくる。

　俺はみんなの剣幕を見て、口ごもった。なんて言い訳すればいいのか、見当もつかない。

　正直、俺はこいつらがどう思っているかなんてこと、なんにも考えていなかった。部活なんてサボったからといって、別に大した問題じゃないって舐《な》めていた。何度かメールも来てたけど、「腹痛い」とか適当に返していた。行きたくないから、行かないって、開き直っていた。だけどほかの部員たちがそう考えてくれないのは当たり前だった。俺が野原に嫌がらせを受けていたって、そんなのは理由にならないと思っている。だって、俺はちっともこたえていない様子を演じてたんだから。

「おまえ、うちのエースだろが？　おまえが来なきゃ練習になんねーってちょっと考えりゃわかんだろが。仲間が困るってわかんねえのか」

助川がいきり立って詰め寄ってくる。こういうときだけは強気なんだよな、こいつは。ほんと、いい性格してるよ。

「どーすんだよ、俺らにどう謝るの、おまえ？」

寺内も負けじと言う。

この雰囲気の中でおちゃらけられたら相当なもんだ。さすがに俺には無理。

「じゃあ辞めるよ」

別にこの部活に大した執着もない。むしろそのほうがせいせいする。そう思って俺は言った。だけど、これはまあ誰が考えてもわかるように、この場で一番言っちゃいけない言葉だった。

「そういう問題かよ？」

「おまえのそういうとこ、ムカつくんだよ」

「おまえひとりが特別なのかよ。エースだとそんなに偉いのかよ」

俺はいつの間にやら部員たちに取り囲まれ、壁際に押しやられていた。寺内が「なんとか言えよ」と俺の肩を思い切り小突いてくる。なんつんだっけ、こういうの。吊《つ》るし上げっていうんだっけ？　もう、ほんと生きた心地がしない。

「俺が……」

俯いてつぶやいたら途中から声にならなかった。グラウンドのほうから、カキーンとバットが硬球を打つ軽快な音が聞こえてきた。

「あ？」

「だから……俺が悪いのかよ？」

「は？」

全員が呆気にとられたように顔を見合わせる。

悪いのは俺じゃなくて、野原のほうなんじゃないのか。あいつやあいつの取り巻きどもが俺に嫌がらせをしているのを知りながら、知らんぷりしてるおまえらだって悪いんじゃないのか。仲間だって言うんなら、なんで見て見ぬふりしてんの？　俺だけがそんなに悪いのかよ？

そう言いたかったけど、顔をあげたら涙がこぼれてしまいそうだった。

「なに？　おまえは俺らが悪いとでも言いたいんか？」

寺内にぐっと胸ぐらをつかまれた。俺のほうがタッパがあるから、どうやっても寺内を見下ろすことになってしまう。

俺もバカじゃない。こいつらに好かれてるとは前から思ってなかった。俺もこいつらのこと、舐めてたんだ。うわべだけ適当につくろってただけ。そりゃ好かれるわけない。でも、やっぱりさ、これはきつい。心をめちゃくちゃ削られる。ああ、早くこれ、終わってくんないかな。

結局、たまたま通りかかった野球部の顧問に「おまえら、なにしてんだ？」と声をかけられ、部員たちはなにごともなかったように散っていった。

残された俺はそこからなかなか立ち去れず、長いこと俯いたままとどまっていた。鼻水をずずっとすすりあげると、喉の奥にしょっぱい味が広がった。

トルンカはいつもと変わらず俺を迎え入れてくれた。だけど、その慣れ親しんだやさしい空気も俺を慰めてくれなかった。

猛烈にへこんでいた、どうしようもないほどに。こんな姿、雫に見せるべきじゃないってわかってるんだけど、家にまっすぐ帰る気にはどうしてもなれなかった。

最近はトルンカに入り浸ってばかりであまり小遣いに余裕もなかったけど（マスターは相手が俺でも情け容赦なく金を取る）、ホットのブレンド・コーヒーを頼んだ。ずっと外にいたせいで冷えてしまった体を温めたかった。ブレンドにしたのは、それがトルンカのコーヒーの種類で一番安いから。

目の前でほかほかと湯気を立てる真っ黒い液体。一口飲むと、体の奥のほうがあったまる。でも今日はどうも苦さばかりを感じてしまう。コーヒーってこんなに苦い飲み物だったっけ？　といまさら驚いてしまう。まさかマスター、つくるの失敗した？

違うよな、苦いのは俺の心のほうだ。自分の身勝手さに嫌気がさす。俺はエースだとか言われて調子に乗ってたくせに、ぜんぜん責任を負っていなかった。なんにも引き受けちゃいなかった。自分ならなんでも許されるって気になっていた。

野原たちには不思議と怒りはわかなかった。いや、もちろんムカついてはいたよ。でも、なんつーか、結局こういう事態を招いたのは、そもそも俺の人間性の問題だと思うと、怒りの感情が全部、自分に跳ね返ってくる。

そして、自分の弱さに打ちのめされる。知ってる、俺はほんとはすごい小心者で臆病《おくびょう》でおまけに打たれ弱い。いつだって言葉や態度で虚勢を張らないと生きていけない。器用だと思わせておいて、ほんとは呆れちまうほど不器用だ。勉強だろうとスポーツだろうと、自分の限界を知るのが怖くて、いつも適当なところで満足してしまう。そして、自分よりできない奴らを心の中で見下してる。必死になっても適当な俺にすら敵《かな》わない奴らを見て、安心してる。今回の件で、思い知らされた。

なにがシェード・ツリーだ。ただのくそガキの分際で。自分のケツも拭《ふ》けないくせして。

情けなくて、泣けてくる。

舌を火傷《やけど》しつつも苦いコーヒーを一気に飲み、テーブルに力なく突っ伏した。だめだ、気力がちっともわいてこない。

「なに、どうかしたの？」

雫の声だ。声をかけられても、顔をあげることができない。いまの俺はさぞや情けない顔をしていることだろう。こいつにゃそれを見られたくない。やっぱ来るべきじゃなかった。

「なんでもねえ」

俺はテーブルに突っ伏したまま答えた。

「なんでもない人間の姿勢じゃないよ、それ」

「ほっとけ」

そのまま行ってくれればいいのに、どさっと向かいの椅子に座る気配がした。ああ、ほんと、鬱陶《うっとう》しい幼馴染だわ。

「ねえ、どしたのよ、浩太ってば」

雫にぐいぐいと制服の袖を引っ張られる。俺はテーブルに顔をつけたまま、それを無理やり振り払った。

「部活でなんかあったんでしょ？　あんた、ここんとこ、ずっと変だったもんね」

あ、やっぱバレてら。

「うっせえ」

一瞬、こいつに泣きついて甘えてしまおうかな、なんて誘惑に駆られた。そうしたら少しは楽になれるかなって。でもそれだけはできない。したくない。俺はこいつよりいつも優位にいたいんだ。だって、そうじゃないと俺はこいつに嫉妬してしまう。素直で不器用な自分の感情を隠さない雫に、俺は内面じゃちっとも勝てる気がしないから。こんな気分のときにゃ、こいつのまっすぐさがきつい。

コーヒーも飲めないガキのくせしやがってよ。

俺はどうにか気持ちを奮い立たせると、勢いよく立ち上がった。

「ちょっと待ちなよ」

それでも雫がしつこく声をかけてくるので、

「うっせえな！　おまえにゃ関係ないだろ！」

俺は反射的にトルンカ中に響き渡るような、でかい声を出してしまった。店内にいたマスターや千代子ばあちゃん、それに絢子ねえちゃんまでが呆気にとられたように俺を見る。いたたまれなくなって、俺はくるりと背を向け、急いでドアを開けた。

「なによ、浩太のバーカ！」

ドアを閉める寸前、背中に雫の声が聞こえたけど無視した。そのまま俺は、薄闇に包まれつつある狭い路地を早足で歩き出した。雫は追ってこなかった。

当てもなく、家の近所を適当に歩いた。でもどこに行きゃいいのか、まるでわからない。こんな気分を抱えて、騒がしい家に帰るなんて論外だ。

雫に八つ当たりするなんて、いよいよどうかしてる。今度会うとき、気まずいったらない。

今年の夏にもあいつの初恋をめぐって一度喧嘩《けんか》したし、これで今年二度目だ。まあ今回は俺がけろっとした態度をしてれば、いつもどおりに戻るだろうけど。でもそれでいいのか？　それじゃあ俺、なんにも変わらないじゃん。

ふらふら歩きまわっているあいだにも、空は刻一刻と色を変えている。空の高いところはすでに紺色だ。もう夜がくる。夜は、また新しい明日を運んでくる。なんだって時間ってのはこんなに残酷なんだろう。いつだってこっちの気持ちなどおかまいなしに、明日を押し付けてくる。スミねえがもう助からないって知ったとき、俺は時間なんて止まれ、と思った。明日なんてくるなって。そうすりゃスミねえは死ななくて済むし、雫たちも傷つかない。時間が決して歩みを止めないっていうのが、あのときはこの上なく不条理に思えた。

俺は無情にも黒く染まっていく空を見上げながら、ため息をついた。そして小さく声に出して言う。

「スミねえに会いたいなあ」

スミねえになら、何でも言えるのに。そんで、ダメダメな俺を叱ってもらえるのに。意地悪な笑顔でもって、俺を励ましてくれるだろうに。それだけで元気になれるのになあ。

ああ、くそ、笑っちまう。六年も前に死んじまった人に、救いを求めるなんて。

駄菓子屋の前まで来ていた。今日は雨も降っていないから、軒先に駄菓子が詰まったガラスケースが並べられている。

俺はそれを眺めながら、財布から名刺を出すと、ほとんど無意識のままスマホに電話番号を打ち込んでいた。

プルルルと長い呼び出し音。いつまで待ってもいっこうにつながる気配がないので、切ろうかと思ったそのとき、

「なに?」

と、急につながった。

「あ、ども」

「誰よ?」

めちゃくちゃ不機嫌そうな声。

「鈴村です。鈴村浩太」

「は?　誰?」

そういや俺は田所ルミに名前さえ教えていなかったのだった。

「ほら、この前、トルンカって店で撮影したときに……」

「あー、ああ。なに、ほんとに電話してきたんだ?」

田所の声はちょっと呆れた様子だった。

「なに、どしたの?」

「いや、暇ならこれから会えないかなあって」

「は?　なんで?」

「なんでって、なんでかな?」

どう言ったものかわからず、質問に質問で返してしまった。

「なによ、それ?」

電話の向こうで、小さな笑い声が起きた。それから言った。

「一時間後ならいいよ。前の公園でいい？」


早く着きすぎてしまい、狭い公園内をぐるぐるとまわって時間をつぶした。この前、会ったときとは違い、空には明るい三日月が出ていた。

そうしてバターになっちゃいそうなくらい何周もしてるうち、なんだって俺は田所ルミになんて電話してしまったのか、と後悔がわきあがってきた。田所ルミは田所ルミであって、スミねえじゃない。そんなのわかりきったことなのに、俺はなにやってんだ？　こういうのを衝動的っていうんだろうな。自分がそんな行動に出たなんて、びっくりだ。

結局、一時間半くらい待った。人気のない暗い公園で、俺がひとり空《むな》しくブランコを漕《こ》いでいたら、

「あ、いたいた」

と不意に声がして、田所がのんびりした足取りで外灯の明かりの下に姿を見せた。

俺は彼女に気がつくと、ブランコから弾かれたように飛びあがった。今日もだらんとサイズのゆったりしたエスニック調の服で、ビーズをつなげたじゃらじゃらした首飾りをしている。

「すんません、今日も撮影でした？」

俺は彼女の元へ駆け寄って、ぺこりと頭を下げた。

「休みなんてあるわけないじゃん。予算ない映画ってズババッて短期間に撮るもんなんだから」

「そっか、なんか悪かったすね」

「で、なんか用なの？」

相変わらずそっけない態度。でも、それが心地よい。

「いや、そういうわけじゃないんですけど」

俺は困って、うへへと頭をかいた。田所がそんな俺をじろじろと遠慮なく上から下まで眺めてくる。

「制服、似合わんね」

そういや家に帰ってないので、まだ制服姿のままだった。

「すんません」

「なんで謝んのよ」

へこんでるのと、急に意味もなく呼び出したりしてしまった申し訳なさとで、なにに対しても謝ってしまう。

「まあ、ここにいても寒いし、どっか行こ」

ポケットに両手を突っ込んで、田所がどうでもよさそうに言った。

「すんません」

ついまた謝ってしまうと、じっとこっちを見ていた顔がたちまち不機嫌そうになった。もう謝るのはなしだ。俺は気をひきしめた。

田所が腹が減ったというので、飲み屋横丁という居酒屋や飲み屋がいっぱい並ぶ細い路地まで歩き、知ってる小料理屋に入った。客として行ったことはなかったけれど、小学校の同級生の母親がやっている店だ。

店の中は暖かくて、開けた瞬間に煮物のいい匂いがふわっと漂ってきた。

「あら、浩太君」

「どうも」

おばちゃんは一緒の席に座った田所を見ると、なぜかにやにやしていた。それからさもうれしそうに耳打ちしてきた。

「雫ちゃんに知られたら怒られるんじゃない？」

ほんと、地元ってのは面倒が多い。俺はまた適当にごまかす作戦にでた。

「親戚のねえちゃんなんだよ」

「あら、そうなの。きれいな子ねえ」

やっぱり駄菓子屋のおばあさんと同じこと言ってら。

「雫ちゃんって誰？　彼女？」

しっかり聞こえてしまっていたようで、田所が意地悪そうな声で訊いてくる。

「違う、幼馴染。いたでしょ、この前、トルンカに」

「ああ、マスターの娘さんって子か」

「そう、そいつ」

雫のことを思い出すと、俺はまたちょっとへこんでしまう。

「なんも飲まないの？」

「ジュースでいいっす。未成年だし」

というより、制服だし、知り合いの店だし。

「いまどき高校生だって、みんな飲んでるでしょ」

田所は早くも二杯目の青りんごサワーを注文しながら、ちっとも興味なさそうに言った。

「まあそうだけど。でも、うちの親父、めちゃくちゃ酒癖悪いんですよ。あれ見ちゃうとどうも飲む気しなくて」

「酔うとどうなんの？」

「けっこう暴れるんすよ。ガラス割ったり壁へこましちゃったり。つってももうだいぶ前の話っすけどね。そのころ親父、リストラにあって新しい職も見つからないからすごいストレスたまってたみたいで。でも母ちゃんに離婚届け突きつけられて、そっから心入れ替えていまはきっぱりやめましたけどね。だからもう笑い話だし、それどころか年の離れた弟までできちゃったわけだけど、俺も飲むときゃ気をつけようとは思ってて」

俺の話を田所は肉じゃがの肉ばかり食べながら聞き流し、

「ふうん」

とだけ短く感想を述べた。でもね、こういう態度がやっぱり俺は嫌いじゃないんだな。それからはほとんどなんにも会話らしい会話もなく、二人で料理をつまんだり、酒やジュースを黙々と飲んだ。あんまり食欲が出ない俺に代わって、田所が「でかい図体の割に食べないね」と料理のほとんどを平らげた。

会計は全部、田所が持ってくれた。半分払うと言ったけど、完璧に無視されてしまった。田所はけっこう酔っ払っているようだった。まあサワー四杯、熱燗《あつかん》を二本飲んでいたから、当然っちゃあ当然だけど。

二人でゆるい坂道をのぼった。田所の足元が覚束《おぼつか》ないようなので、俺が腕を支えてやった。ぎょっとするほど細い二の腕だった。

さて、これからどうしたもんか。つっても、もう十時過ぎだ。帰るっきゃない。タクシーが通ったら、さっと捕まえてカッコよく乗せてやろう。そう思っていたのだが——。

「ホテルでも行こっか？」

「え！」

俺は驚きすぎて、そこいら中に響き渡るでっかい声をあげてしまった。

「だって君、家に帰りたくないんでしょ？」

田所はそう言うと、どっか知ってる？　とごく普通に訊ねてくる。

いや、知ってはいるし、帰りたくないのも図星だけど……。

道を少し戻れば、古いホテルがある。でもそこは俗に言う、ラブホテルって場所だ。宮殿みたいな形をした、周囲からものすごく浮いている建物。大通りに面しているので、小さいころ週末に車で家族で出かけるときはよく前を通った。その奇妙な形に目を引かれ、母ちゃんに「あそこはなに？」としつこく訊ねても「さあ、なんだろねえ。インド人の家かもね」とごまかされた。数年後、なんのための場所なのか知ってから、俺は後悔と恥ずかしさにひとり身悶《みもだ》えたものだった。

そんな純真無垢《むく》だった俺も、とうとう大人の階段を登ってしまうのか。

「こんなとこ高校生を連れ込んだら、あたし、淫行条例ってのに引っかかっちゃうのかなあ」

ぴかぴか電飾が光る看板の前まで来ると、田所はのんきな声で言った。俺は心臓がバックンバックン鳴ってしまって、それどころじゃない。

でも田所はためらう様子すらなく、中に入っていってしまう。

成り行きとはいえ、とんでもないことになった。これから俺はどうなってしまうんだろうか？

自動ドアをくぐると、大きなパネルが目に入った。部屋番号が光っているところが空き部屋ってことらしく、その中から希望の部屋を選ぶシステムらしい。田所は適当に部屋の番号を押し、エレベーターに乗り込んだ。俺も慌ててそのあとに続く。

三階で降り、三〇六号とドアに記された部屋へ。派手な外観とは裏腹に、部屋はけっこう狭いし、特別なところもない。部屋の半分をベッドが占めてるってこと以外は。

後ろでバタンとドアが閉まるのを聞きながら、ほんとにそのための施設なんだなあ、と俺は妙に感心してしまった。それがこうして商売になるって、世の中っておかしなところだよなあ。

「シャワー浴びたい」

まだ酔いの抜けない田所が壁に何度もぶち当たりながらバスルームに消えてしまい、ひとり部屋に残された。その隙を利用して母ちゃんに「今日は友だちんとこ泊まる」と短いメールを打つと、することがない。部活の連中か雫からメールが来てるか一応見てみたが、誰からも来ていない。まあ、来るわけないか。

　俺は落ち着かなくて、冷蔵庫を開けたり、だだっぴろいベッドで跳ねてみたりと、そわそわしっぱなしだった。いきなりバスタオル一枚とかで出てこられたらどうしよ。考えただけでびびってしまったが、バスルームのドアを開けて出てきたとき、彼女はさっきまでの服をまたしっかり身につけていた。濡れた短い髪をバスタオルでごしごし拭き、「うあー、さっぱりしたあ」とオッサンぽい声をあげる。

「お、カラオケあるじゃん」

「え？　歌うの？」

　俺はこの状況でそんなことを言い出す彼女に、度肝を抜かれた。

「疲れるって前に言ったじゃん」

　前にカラオケに誘ったときに断られたのを思い出して言ったけど、せっかくあるんだから歌うでしょ、と当然のように返されてしまった。

　そこから、なぜかカラオケ大会に突入してしまった。

ほっとしたような、がっかりしたような。でももうね、こうなったらヤケだよ。

俺たちは三時間ぶっ通しで歌い続けた。田所は聴いたこともない英語の曲ばかりを歌った。俺は知ってる日本の曲をとりあえず片っ端から歌った。後半はかなり喉も嗄《か》れ、それでも歌った。彼女は缶ビールをどんどん空けていき、俺は広いベッドの上で跳ね回りながら、「リンダ・リンダ」を熱唱した。

で、当然、二人とも最後にはへろへろになってしまった。時刻は午前三時。いつもなら俺はとっくに寝こけている時間。なんつー長い一日だろう。部活仲間からは吊るし上げを食い、トルンカではキレちゃって、人生初のラブホに来たと思ったら、なぜかカラオケ大会に突入。くらくらしちまうよ。

俺も田所もベッドにぐったり横たわった。予約してあった次の曲がモニターから流れだしたが、二人とも完全無視。

「あー、もう限界」

田所はだいぶ嗄れた声で言うと、首飾りをとって布団に入り、中でシャツまで脱いでしまった。下はキャミソールだったけど、白い肌が視界に飛び込んできて、一気に目が覚めてしまった。

「あたし、明日も撮影あるし、少し寝ないと肌荒れるから寝るわ」

マジか？　いや、まあそんな予感はしてたけどさ。

「疲れてるんだから変な気、起こさないでよ。淫行で捕まりたくないし。まあ、君はそういうこと、できないタイプだろうけど」

そう言うと、田所は仰向《あおむ》けの状態で目をつむった。ほっそりした肩がモニターの明かりに怪しく白く光っている。そっと顔を近づけてみると、早くもくうくうと規則正しい寝息が聞こえる。息が、猛烈に酒くせえ。

いくらなんでも、この人、油断しすぎじゃね？

このまま押し切っちゃえば、余裕でいけちゃう気がする。

そうだよ、こんなところに男と平気で来ちゃう女だって悪いんだ。

でも俺は、それをしないと自分で自分がわかってる。田所の言うように、俺はそういうことが簡単にできるタイプじゃないのだ。入る前からほんとは知ってた。仮に向こうから迫られたって、俺は絶対しないってことは。ああ、こんなチャンスをみすみす逃すとは、もったいねえ。大人の階段が遠くなる。自分の性格が、うらめしい。

仕方なく、リモコンでモニターの電源を落とし、隣に横たわる。

真っ暗闇のラブホの一室で、俺はひとりになってしまった。さっきまでのお祭り騒ぎが嘘みたい。部屋はしーんと耳が痛くなるほど静かだ。田所は死んだように眠っている。闇の中で見慣れない白い天井だけが、浮き上がってるみたいだった。

ひどく遠い場所まで来てしまった気がした。

俺はどうしてこんなところにいるんだろう。ここは、一体どこなんだ。

そうやってなかなか寝付けないまま何度も寝返りを打っていたら、いつの間にか眠ってしまったらしい。

夢を、見た。

夕闇が迫る静かな住宅街。夢の中で俺はまだ七歳で、小学校からの帰り道を泣きながら歩いていた。今日もまたクラスの男子たちにいじめられた。俺はチビで非力で、そのくせ生意気で絶対謝らないから、恰好《かっこう》の的になっていた。それでまた、雫に守られてしまった。

あいつは泣きながらでも男子に歯向かう。浩太をいじめるなって。そうやって雫に守られたのがカッコ悪い。やり返せなかったのが悔しい。涙のせいで、見慣れた景色がぼんやりにじむ。家には帰りたくない。お父さんとお母さんが言い争っているのを見たくない。

――コウちゃん、どうしたの？

でっかいヒマラヤ杉の前を通り過ぎたとき、誰かが俺を呼んだ。振り向くと、中学の真っ白いセーラー服が目に飛び込んできた。前髪をヘアピンでとめ、丸出しのおでこ。その下の潤んだきれいな瞳がじっと俺を見ていた。

スミねえだ。

いま、俺が世界中で一番会いたかった人。なんでこんな奇跡みたいな偶然が起きるのかな。いままでにもこういうことが何度もあった。そして俺はそのたびに救われた。世界って案外、そんなふうにやさしくできてるのかな。不思議な気持ちでいっぱいだった。

——みんなが俺をバカにするんだ。俺がチビで弱いから。

——それで泣いているの？

——あいつらの前じゃ泣かなかったよ。

——そう。えらかったね、コウちゃん。

スミねえは俺の頭をやさしく撫でてくれた。と思ったら、脳天にチョップを食らった。

——痛いよ。

スミねえは意地悪っぽく笑った。

——だって痛くしたんだもの。ね、うちおいでよ。おばさんには連絡しておくから。クリームソーダつくってあげる。

——うん。

陽が落ちていく中、お寺や古い家が立ち並ぶ坂道を手をつなぎ歩いた。スミねえの手はやわらかくて、温かくて、俺をものすごく安心させてくれた。夜が迫っている。でも一緒に帰れば、そんなのちっとも怖くない。ぜんぜん、なんにも怖くない。おそれる必要なんてない。だってこの手のぬくもりには、世界中のやさしさが全部詰めこまれている。

目が覚めると、あたりは完全な闇だった。自分がどこにいるのか理解するのに、ちょっと時間がかかった。

あ、俺、寝てたのか。

ベッド脇のパネルに表示された時刻を確認すると、一時間くらい寝ていたらしい、朝の五時を回ったところだ。分厚いカーテンで仕切られて、外は見えない。隣の田所は俺が眠る前とまったく同じ体勢で、ぐっすり眠っていた。

スミねえの夢を久しぶりに見た。

もう何年もそんなの見たことなんてなかった。それなのに――。

がくん、と体が内側から揺れた気がした。

突然、激しい悲しみに襲われた。大波みたいにざあっと胸に悲しみの波が押し寄せ、息がつまる。意思とはまるで無関係に、瞳から熱いものが堰《せき》を切ったようにどっとあふれ出た。

なんだ、どうしちゃった、俺？

田所が起きちゃうだろ、バカ。

嗚咽《おえつ》が漏れないよう、枕に顔をうずめて俺は泣いた。ああああ。そう叫びたいのを必死にこらえて。ああああ、ああああ。なんで俺、泣いてんだ？　ああああ。なんでこんなに悲しいんだ？

すぐそばで声が聞こえ、はっと振り向くと田所が啞然《あぜん》とした顔でこっちを見ていた。

「どうしたの？」

「いや、なんでも。すんません、起こしちゃって。寝てください」

俺はそう言ったけど、喉がつまってまともに喋《しゃべ》れなかった。田所が無言でベッド脇のランプをつけ、そのまぶしさに目がくらんだ。

寝起きの少し赤い瞳が、俺をじっと見ていた。その視線から逃れようと顔をそむけたが、動きに合わせて顔を寄せてくる。ものすごい近くに彼女の顔があった。そしてその手が、俺のほうにぬっと伸びてきた。

次の瞬間、俺は田所にやさしく抱きしめられていた。俺の鼻先は彼女の首元に押し付けられ、強烈なシャンプーの香りがした。

彼女の温かさが、全身から伝わってくる。でもムラムラとかはまったくしない。人間ってあったかいんだよって教えてくれようとしているような、俺の気持ちを全部受け止めてくれるような、そういう親密な温かさだった。

俺はすがりつくみたいにして泣いた。田所は何も言わず赤ん坊でもあやすみたいに、ぽんぽんと背中を叩いてくる。

泣いたのなんて、スミねえが死んでからはじめてだ。いままでずっと泣けなかったのに、いくらでも簡単に涙があふれ出てくる。

もうスミねえが死んで、六年だ。ついこのあいだ、七回忌があったばかり。だけどそんな月日が流れたのなんて嘘みたいに、葬式が昨日の出来事みたいに、悲しみが押し寄せてくる。俺は大波にさらわれてしまわないよう、本名すら知らない女にしがみついて、声を絞り出しながら泣いた。

そうして気がついたら、俺は声をつまらせながら田所に話していた。六年前に死んじゃった大切な存在。その人との約束。そして田所に俺が近づいた理由。洗いざらい、全部、全部だ。

あーあ、秘密だったのに。

「ふうん」

田所は俺の話を聞き終えると、いつものそっけない声を出した。

「その幼馴染のお姉さんにあたしが似てたねえ。それであたしに声かけたってか。気持ち悪い子だなあと思ってたけど、そういうことね」

「……すんません」

「別に謝らなくてもいいけど。あたしだって都合よく君を付き合わせてるだけだしさ」

田所は俺をしっかり抱きとめてくれたまま、ふふ、と小さく笑った。

「でももうずっと前の話なんだ。おかしいよね？」

「時間の問題じゃないんじゃない？　それって心の問題でしょ。にしても、その菫さんとやらは君にずいぶんと酷な約束をさせたもんだね」

「別にスミねえが悪いわけじゃないよ。俺が強くないからだよ」

「だから、強さの問題じゃないんだってば。ほんと、わっかんないクソガキだね、君は」

「わかんないよ、俺、バカだもん」

「君がバカ？　クソガキだとは思うけど、バカとは思わないな。君ってさ、バカな振りしてるだけで、すごい賢いじゃん。まあ、それ全部ひっくるめるとバカってことになるんだろうけど」

おいおい、完全に見抜かれてるぞ。いや、違うか。トルンカのみんなだってとっくに気づいてるんだろうな。特にマスターとか絢子ねえちゃんなんかには。だってちょっとしか会ったことのないこの人にだってあっさり見抜かれちまうんだから。俺は恥ずかしさのあまり、身悶えしそうになった。でも田所は、そんな俺にかまうことなく話し続ける。

「とにかく君は約束を守ろうとするあまり、ずっと自分の気持ちを押しとどめてんだよ。

だけどさ、胸の奥に悲しみや痛みがたまってはいく。コップの表面張力って理科で習わなかった？　ふちぎりぎりまで水はこぼれないけど、最後の一滴を加えると、簡単にあふれ出ちゃうってやつ。もう君のコップは水でいっぱいだったんだよ」

「そうなのかな……」

俺は田所が言ったことを少し考えてみた。俺のコップは限界寸前だったんだろうか。そして、それがいま、とうとう限界を超えてしまった？　でも俺自身にさえうまく理解できないことを、なんでこの人にわかってしまうんだろう？

「まあ、勘ってやつかねえ。死体役しか仕事がこなくても一応、役者だから。芝居なんてやってると、人の心の機微とかにはけっこう敏感になるもんなのよ」

「へえ」

すっかり感心し、至近距離にあるその顔をまじまじ見つめると、

「ウソに決まってんじゃん」

君ってやっぱからかい甲斐があるわ、とあっさり笑い飛ばされてしまった。なんかほんと、わっかんねえな、この人。でもなんか、俺もつられて笑ってしまった。田所の息は、まだ相当酒臭かった。

部屋の中はだいぶ明るくなってきていた。もう朝なのだ。俺たちはどちらからともなく

体を離し、会計を済ませて（結局ここも田所が持ってくれた）、ホテルを出た。

空の様子から、これから晴れるようだ。街にはまだたいして人気もなく、空気がやけに澄んでる気がした。吹いてくる風が腫《は》れたまぶたに気持ちいい。

「どうしてくれんのさ、こっちゃ寝不足でクマできちゃうよ」

田所は歩いてるあいだ、ずっとぶつくさ言いどおしだった。でもその声が怒ってないのがわかる。わかんないことだらけの人だけど、ちょっとわかったこともある。要はこの人、ツンツンしてるからって、怒ってるわけじゃないんだな。不思議な人だよ、あ、ひょっとしてこれがツンデレってやつか？

そのままタクシーで帰っちゃうかと思いきや、田所は大通りに出ると、「ねえ」と不意に俺を呼んだ。

「なんすか？」

「君はシェード・ツリーになってコーヒーの木である幼馴染ちゃんを守るとして、誰が君を守ってくれるんだろね？」

田所に訊ねられても意味が全くわからず、首をひねった。

なんかなぞなぞみたいだぞ。シェード・ツリーを守るのは誰かって、俺にはさっぱりわからないよ。そんなの、考えてみたこともない。てか、考えるようなことなのか。だってコーヒーの木を守るためにシェード・ツリーはあるんだぞ。

だけど田所は、朝日を背に鋭い視線を投げてくる。

「さっき、あたし、菫さんはずいぶん酷な約束させたもんだねって言ったよね。でもそれ、間違ってたかも。なんかいま、ふと思った」

「へ？」

俺はますます混乱してしまった。

「だって、コーヒーの木にはシェード・ツリーが必要だけど、シェード・ツリーにもコーヒーの木は必要じゃない。コーヒーの木があるおかげで、シェード・ツリーははじめて存在できるんでしょ。一緒にいられるから、太陽をいっぱい浴びて成長できる。それってお互いに守り守られてるってことになるんじゃないの」

田所はすらすらと、セリフでも言うような口調だった。

守り守られて……。それってつまり、俺と雫の関係がそうなんだってことなのか。でももちろん俺はそんな風に考えたことなんて、一度もない。

「菫さんはさ、君のことも心配してたんじゃない？　君にはコーヒーの木が必要だってさ、そう思ったんじゃない？」

「それも、勘ってやつですか？」

どうしてそんな風に思ったのか知りたくて訊ねたら、

「そう、だからまあ、ぜんぜん違ってるかもね」

と、田所はすがすがしいほどきっぱり言った。そして魔法みたいにタクシーを止め、乗り込むと、「ほんじゃね」と適当な挨拶だけして、あっという間に走り去ってしまった。

ひとり取り残された俺は、大通りにぽつんと長いこと立っていた。

街に降り注ぐ朝日は、明るくて、まばゆいほどだった。

新しい一日がはじまろうとしてる。まだ誰も知らない、新たな一日が。

俺は太陽が照らすほうへ、ゆっくり歩き出した。


「みんな、昨日はごめん！　てか、ずっと練習サボってほんと、ごめん！」

朝練開始前、バレー部の二年全員に向かって、俺は声を張り上げた。

「俺、心入れ替えてがんばるから、いままでのこと許してください！」

寺内も助川も、必死に頭を下げる俺をぽかんとした顔で見ていた。そりゃそうだよな。昨日の放課後から一転、俺の態度が急変してるんだから。おまけに俺は昨日から家に帰ってないせいで制服は皺《しわ》だらけ、明らかに泣いたあとで目は真っ赤と、完全に理解不能だったと思う。

だけど、それが功を奏したらしい。俺の鬼気迫る態度に、みんな昨日までの怒りが和らいだらしい。

寺内がもごもご言うと、ほかの二年も渋々って感じで俺の謝罪を受け入れてくれた。

「ああ、わかったよ……」

「まあ、俺たちも理由も聞かずに責めたのは悪かったよ……」

そう言ったのは、意外にも助川だ。そこから派生して、俺に向かって二年全員が軽く頭を下げてくれた。あとは、よれよれの制服にも腫れあがったまぶたにも触れることなく、体育館に行ってしまった。

一発ずつくらい殴られる覚悟でこの場に臨んでいた俺は、ちょっと拍子抜けしてしまった。なにしろ田所と別れたあと、学校がはじまるまでのあいだずっと公園のベンチで考えて出した答えだったから。心から人に謝罪するっていうのは、いつもへらへら生きてきた俺みたいな奴からすると、とてもむずかしく、勇気のいることだった。

俺は、もうちょっとバレー・ボールがやりたい。てか、このまま投げ出したくない。いろんなことにもっときちんと向き合ってみたいって、思ったのだ。

だってそうしないと、俺は大人になって自分のことが嫌いになってしまいそうだったから。ここで適当に流すこともできるけど、それをしたら俺はなんにも変われない。へらへら生きている自分を見直すチャンスは、いましかないと思った。

そうやって自分が悪かったって受け入れられるようになったら、みんなに抱いていたわだかまりもなんだかどうでもよくなってしまった。大切なのは、俺がどうしたいかなのだ。で、俺はあいつらにちゃんと謝りたかった。そこからはじめて、今後は態度で示していくしかないって思った。

俺は先に行ってしまったみんなのあとを追うため、急いでジャージに着替え始めた。そこに、出て行ったはずの寺内がなぜか部室にひょっこり戻ってきて声をかけてきた。

「野原先輩のことだけどさ」

妙に決まり悪そうな声だった。

「もうあの人、練習には来ないと思うよ」

「へ？　なんで？」

俺は目を丸くした。正直、もう野原なんてどうでもよくなっていたけど、いきなりもう来ないと言われるとびっくりしてしまう。あんなにしつこかったのに、俺が復帰したと知って放っておくはずないのだが……。

「いや、それがなんつーかさ」

「なんだよ？」

「おまえの彼女、いんじゃん？　Ｂ組の子だっけ」

「は？　雫のこと？　別に彼女ってわけじゃ……」

俺はますます唖然として言った。なんで野原の問題に雫が絡んでくるんだよ？

「まあ、とにかくその子がさ、昨日、練習してたら乗り込んできたんだよ」

「はあ？」

昨日って、俺がトルンカに行ってみっともない態度見せちまったあとってこと？　あいつ、あのあとまさか学校に行ったってのか？　一体なにしてくれてんだよ……。

寺内が言いにくそうに頭をかきながら、続ける。

「なんかすごい剣幕でさ、『浩太にいじわるしてるの、誰ですか』って、体育館中に響きわたる声で言いだしてさ。俺ら、無意識で野原のほう見ちゃってさ、そしたらあの子、野原に『なんでそんなひどいことするんですか？　浩太が悪いことしたんですか？』って。とにかくすげえ迫力でさ。バスケ部の連中まで見に来て、騒然としちゃってさ。いたたまれなくなって野原、逃げてったんだ」

「なんじゃ、そりゃ……」

もうね、ほんと言葉が出てこないってこのことだ。脱力して、思わず背後のロッカーによりかかった。

寺内が床のボールを拾いながら、搾り出すような声を出した。

「ほんとは俺らがそうやって野原に言うべきだったんだよな。仲間なんだから。おまえが苦しんでるの、知ってたのに……。あの子の必死な様子見てさ、なんか俺らもちと考えさせられたっていうか……。だから、その、ごめんな」

俺は、「ああ、いや、うん」と答えるしかできない。寺内がなぜかぽりぽりと恥ずかしそうに頬をかき、弱々しく笑った。

「おまえがさ、ちょっと羨ましかったわ。『浩太を傷つける奴はわたしが許さない』ってあの子、すげえおっかない顔して言うんだよ。俺もそんなこと、女の子にあんな必死の顔で言われてみてえわ。野原のビビった顔、見ものだったぜ」

寺内が再び部室を出ていっても、俺はロッカーにしばらくよりかかっていた。

そういうことかよ。

ずいぶんあっさりみんなが許してくれるから、おかしいと思ったんだ。俺のいないところで、なんて余計なことしてくれてるんだよ、あいつは。俺の代わりにターゲットになったらどうする気なんだよ。野原ってのは、ほんとにたちの悪い奴なんだから。

だいたい、立場が逆じゃん。浩太を傷つける奴はわたしが許さない、だって？

俺がおまえを守るんだよ。俺がおまえのシェード・ツリーなんだ。なのに、なのに──。

別れ際の田所の言葉がよみがえる。

——コーヒーの木があるおかげで、シェード・ツリーははじめて存在できるんでしょ。それってお互いに守り守られてるってことになるんじゃないの。

「ああ、もう、ちくしょー」

スミねえ。俺ってば、また雫に守られちゃったみたい。ほんと、カッコつかないわ。でも、やっぱり俺はあいつにゃ一生、敵わないんだと思うわ。あいつの隣で、俺は太陽をめいっぱい浴びて、でっかくなれるようやってみるよ。

俺はスマホを取り出すと、雫に「バーカ」とメールした。朝早いにもかかわらず、五秒と待たずに返信が来た。「バーカバーカ。いいから昨日のコーヒー代払え」って書いてあった。俺は画面をじっと見つめてから、げらげら笑った。踏み倒したコーヒー代、しっかり覚えてやがった。さすが元借金取りの娘。

「おし！」

両手で思い切り頬を叩いた。パァンと派手な音が汗臭い部室に響き渡る。体の奥から、不思議な力がみなぎってくる。いまなら、なんでもできる、誰よりも早く走れるって気がする。俺は気合いを入れなおし、みんなの待っている体育館に急いだ。

映画が完成したから観に来い、と突然、田所ルミからメールが来たのは、すっかり冬も深まったころだった。劇場公開はまだ何ヶ月も先だけど、関係者や制作に関わった人だけを集めたゼロ号試写ってやつが品川にある編集スタジオで行われるからって。

一ヶ月、俺は部活を休むことなく出ていたけど、その日だけは特別に許可をもらって、雫と一緒に観に行くことにした。マスターは店を閉めたくないってことで、結局来なかった。

スクリーンの中の田所ルミは、カッコよかった。すげえカッコよかった。めちゃくちゃ光っていた。

俺はその、「彼女のかけら」って映画にひどく感動した。タイトルは相変わらずこっぱずかしかったけど、ちょっと前は退屈にしか思えなかった普通の人々のなにげない日常が、えらく心に沁みた。俺の心のやわらかい部分に、その映画はやさしく触れてくるみたいだった。

ヌードシーンもちゃんとあったよ。だけど、一糸まとわぬ姿で布団に寝転んだそのシーンでさえ、ちっともエロく感じなかった。ただ、美しいって思った。トルンカでお茶を飲んでいるなんてことないシーンでさえ、なぜかとても愛おしく思えた。

なにかに心を揺り動かされるって、きっとこういうことなんだなあ。

「いい映画だったよな」

上映が終わって隣の雫に話しかけたら、

「あれ、もう終わっちゃった？」

と完全に寝起きの声で返事して、慌てて口元をぬぐった。

「よだれ垂らしてんじゃねえよ」

たく、しょうがねえなあ。俺は笑った。やっぱお子様にはわかんない映画だよな。

試写室を出ると、ロビーは映画の関係者らしき人でいっぱいだった。中でもひときわ大きな人だかりの輪の中心に、田所の姿があった。俺が知ってるのとは別人みたいな笑顔で、口々に感想を告げる人たちに愛想よく対応していた。

ほんとは一声かけたかったけど、とても俺なんかが声をかけられる雰囲気じゃなかった。

彼女はゆるぎない自分の世界で、まぶしいくらい輝いていた。

もう、この人と会うことはないんだろうな。

遠くからその姿を眺めていたら、ふとさみしさが押し寄せてきた。でもそれでいいんだ、という気もした。俺と彼女の住む世界はまるで違う。彼女のほうが女優だから偉いとかそういう意味じゃなく、ただ厳然たる事実として違う、そういう意味。そして、ほんの一瞬、いろんな偶然が重なって交わったってだけ。

でも俺は、スミねえ同様、この人のことをずっと忘れないだろうって思った。平凡な俺の日常に起こった、ちょっとだけ不思議な体験。いつか俺にも、この日々を懐かしく思い出す日がくるだろうか。そのとき俺は、一体どんな奴になっていることやら。

なんにせよ、これから俺を待ちうける普通の日々を、尊いものだと忘れないようにして、生きていこう。ムカついたり、傷つくことがあっても、大切なものだけは見失わないように。

「うわあ、やっぱわたしたち、場違いだわ。ね、浩太。もう帰ろうよ」

雫に腕を引っ張られ、ロビーを抜けた。

今日はこれから、久しぶりにトルンカに行く。こんなくそ寒い午後だ。コーヒーはさぞかしうまいだろう。ずいぶん顔を見せてないから、みんなさみしがってるだろうし。人気者も楽じゃないってね。あ、その前に食料の買出しすっから付き合えって雫に言われてるんだったな。めんどくせ。

自動ドアをくぐって外に出るとき、ちらっと振り返ると、田所と目があった。彼女が一瞬、俺に素早くウィンクした。それはほんとに、最高にクールなウィンクだった。

俺は笑った。でも田所はもうこっちを見てすらいない。取り巻きたちのほうに、夏空みたいな明るい笑顔を振りまいている。

「なにいまの!? なんでいま、田所ルミがあんたに合図したの？」

雫が俺と田所を交互に見て、目をぱちくりさせた。

「さあね。いいからとっとと帰ろうぜ」

俺は、こいつに対してひとつ秘密が持てたことに大いに満足した。絶対教えてやらねえ、といま心に決めた。

「よくない。なんなの、なんでなの？ あんたたち、いつ知り合いになったのよ？」

「妬《や》いちまうか？」

「はあ？」

「素直になれよ」

「はあ？ もう一回言ってもらえます？」

「すな――」

「はあ？ よく聞こえないんですけど」

アスファルトに、俺たち二人の影が落ちていた。

長いのが俺。短いのが雫。

俺たちは、二本並んだ木みたいだった。

旅立ちの季節

「旅に出ようと思うの」

私が言うと、部屋の隅で洗濯物にアイロンをかけていた母が、ゆっくり顔を上げた。

「あら」

「もっといろんな世界を見たいの」

「へえ」

四隅にふさふさがついた赤い座布団。母はその上にぴんと背筋を伸ばして正座している。もっと驚くかと思ったけれど、その声は実に淡々としたものだった。顔を上げたのも一瞬だけで、視線はまた自分の手元に戻る。きれいに折り目をつけられたブラウスを母はわきに置き、今度はりんごのワンポイントが入った白いハンカチにアイロンを当てる。母が普段から好んで使っているハンカチだ。庭から差し込む明るく透明な昼の陽射し。まるでピエール・ボナールの絵の中に迷い込んでしまったような、静謐《せいひつ》で温かな光に室内は包まれていた。

「ねえ、聞いてる？　私、本気だよ」

「ええ、わかってるわ」

「いつ帰ってくるかもわからないんだから」

「そうね」

「ねえ、ほんとにいいの？」

あんまりにも母がたじろぐ様子を見せないから、だんだん私は意地になってくる。昔から、母はいつもこうなのだ。私がなにを言っても、「いいわね」とか「あなたが選んだならそれが一番よ」とか、肯定的な返事しかしない。もっと若いころはその鷹揚《おうよう》な態度に苛々《いらいら》させられて、よくつっかかったものだった。なんだ、私、ちっとも成長していないな。

「私が止めたくらいで思いとどまるような決心なの？」

母に言われ、私は口ごもる。痛いところを突かれた。

でも、これって——。

「なんか変」

私は部屋を見回して、眉《まゆ》をひそめた。

「なにが？」

ようやく手を休め、にこりと微笑む母。

「だってさ……」

だって、おかしいじゃないか。母がこの家にいるはずがない。三年前、死んでしまったのだから。一年弱の短い闘病生活の末、私ひとりを残し逝ってしまったのだから。それがどうしてこの生活感まるだしの部屋で、当然のようにアイロンなんてかけているのだろう。

おかしなことは、ほかにもある。

私は旅に出ようなんて、いまのいままでこれっぽっちも思ったことなどない。それなのに、なぜ自分はこんな妙なことを口走っているのだろう。自分の口じゃないみたいに、勝手に次々と言葉が出てくる。

あ、なんだ、そうか。

私はやっとそこで気がつく。このふわふわと地面から少しだけ体が浮いているような独特な感覚。自分がここにいると間違いなく思うと同時に、ここにはいないとも確信しているような――。

「これって夢でしょ?」

「そうね」

「なんだあ」

「いいじゃないの、夢でも」

どこまでものんびりとした声でそう言われてしまうと、私もなんだか気が楽になってきて、ま、いいか、と母の前にどかっと腰をおろす。ボナールの心安らぐ光が私たち母子を包み込む。

髪をひっつめにして、化粧けもない母は昔と変わらずとても地味。洗濯物に丁寧にアイロンをかける姿を見ていると、なんだか胸の奥がきゅっと痛む。父が出ていってから、私を女手ひとつで育ててくれた母。私が絵を描いて生きていきたいと無謀なことを言ったときも、心から応援してくれた母。

目の前の母は、病気になってすっかり痩《や》せてしまう前の、ふくよかで健康的な姿だった。いまでは思い出の中にしか存在しなくなってしまった、あの母だった。

「絢子《あやこ》」

母が私に不意に呼びかけてくる。

「なに？」

「絢子がそう決めたんなら、私は応援するわ。大丈夫よ、どこに行っても、あなたなら」

「……ほんとにそう思う？」

甘えるような、小さな子どもみたいな声が出た。おかしい、なんでこんな展開になってるんだろう。

だけど、母のやさしい声に胸の奥がじわりと熱くなる。

「ええ、思うわ」

「そっか、うん、ありがとう」

「でも無理だけはしちゃだめよ。そして必ず無事に帰ってきてね」

「うん」

庭から降り注ぐ明るい陽射しの中で、私は泣きながら母に頷《うなず》いてみせる。


かちゃん。

突然、耳元で大きな音がして、我に返った。

あれ、ここはどこ？

ひどい二日酔いのときみたいに頭がぼんやりして、状況がいまいち飲み込めない。目の奥がなんだかチカチカする。

まだ体の一部を夢に引きずられているような気分で、私はゆっくり周囲を見回してみる。

なにもかもがセピア色に染まったような、木造の、小さな室内。くすんだレンガ調の壁に、飴《あめ》色のテーブル、ワイン色の革張りのソファ。張り出し窓から差し込む弱い陽射し。やわらかいピアノの音色。たちこめるコーヒーの豊かな香り。

そこにあるのは、いつもの平和な純喫茶トルンカの光景だった。私がいるのは、店の一番奥のテーブル席。普段から好んで座っている席だ。

「絢子ちゃん、大丈夫かい？」

カウンターの中から、そう声をかけてきたのは、マスターの立花《たちばな》さん。眉間《みけん》に皺《しわ》を寄せ、こちらを心配そうな顔で見ていた。

「あ、うん」

だんだん状況が飲み込めてきて、私は慌てて返事をした。どうやらイラスト描きの仕事中に、うとうととして、そのままテーブルにつっぷして居眠りしてしまっていたらしい。描きかけだったケント紙の上に、マーカーペンに、色鉛筆、修正用のホワイト、全部出しっぱなしのままだった。

壁の振り子時計を確認すると眠っていたのは十分程度らしいけど、けっこう本気で寝入ってしまっていたようだ。それで、夢まで見た。私を夢から呼び戻した大きな音は、わきに置いてあったカップに寝ぼけた私の腕が当たってしまったせいらしい。

ああ、よかった。カップ、床に落として割ったりしないで。これ、白磁の本格的なカップだから値もかなり張るに違いない。

私はほっと安堵《あんど》の声をもらしつつ、座りっぱなしでこってしまった体をほぐそうと上半身を何度もひねった。こりとともに、夢の名残が一緒になって体からぽろぽろはがれ落ちていく気がした。

ふう。ソファの背もたれにだらしなく体を預け、あらためて店の中を見回してみる。まだようやく十時をまわったばかりの店内。ほかにお客さんといえば、近所で骨董品屋《こっとうひんや》を営む滝田《たきた》のじいさんだけ。マスターは磨いたグラスをカウンターにひとつずつ並べている。グラスにはそれぞれ薄く違った色がついて、陽を透かして落ちる影もそれぞれの色だ。私の席に面した窓辺には、紫色のパンジーが活けられた一輪挿し。

三人しかいない午前中のトルンカは、静かで穏やかな空気に包まれている。まるで凪《な》いだ海の上を小さな船でぷかぷか漂っているみたい。印象派画家であるアルフレッド・シスレーが描くような静かな世界だ。

私はテーブルの上を整理すると、眠気覚ましにとコーヒーのおかわりを注文した。マスターがポットを火にかけ、電動ミルにコーヒー豆をセットしてから、カウンター越しにちらりとこちらを窺《うかが》うような視線を向けてくる。

「絢子ちゃん、また徹夜なんだろう。かなりお疲れなんじゃない？」

「うん、まあね」

私がピースサインをしてみせると、マスターがあからさまに渋い顔をする。

「体壊す前にちゃんと休んだほうがいいよ」

顔は強面《こわもて》でかなり怖いけど、お客のことを家族のように気遣ってくれるやさしいおじさん。徹夜二日目だなんて言えば、余計に心配させてしまいそうなので黙っておく。

「平気平気。なんせまだ若いから」

「絢子ちゃん、いくつだっけ?」

私の返事を受け、カウンター席の滝田のじいさんが訊《たず》ねてくる。

「二十六。あ、違うや、先月二十七になったんだっけ」

「自分の年、忘れてんじゃないよ。つうか、そこまで若くねえじゃんか。自分はいつまでも若いって思い込んでる、その過信が危ないんだよ。健康は大事だぜ、素直に忠告聞いときな」

女性に向かって事もなげに年齢を訊ねておき、あまつさえ若くないと言い放つとはなんと失礼なじいさんだろう。ともあれ、人生の先輩である二人の忠告はやはりありがたくちょうだいしておこうと、

「気をつけます。〈真実を語るのは実にむずかしい。青年でそれをできる者はまれである〉って言葉もあるくらいだしね」

私は調子よく返事をした。ロシアの偉大なる小説家であるトルストイが遺した言葉だ。

あらゆる時代の偉人たちの格言や名言、古い諺《ことわざ》を頭にストックしておくのは私のライフ

ワークみたいなもので、口を開くと条件反射みたいについ出てしまう。格言ねえちゃんなんて不名誉な別名まであるほどに。

「まーたおかしな格言が出たな。なんか意味ありげには聞こえるけど、絶対使い方間違ってるよ。なあ、マスター？」

滝田のじいさんが呆《あき》れて言うけれど、マスターは「ですねえ」ともう私たちの声なんて届いてやしない。

コーヒーを淹《い》れているときのマスターは真剣そのものだ。ドリッパーに慎重に湯を注いでいく姿は、ときどき鬼気迫るものさえ感じるほどだ。

フィルターからこぼれていく黒い雫《しずく》が、ドリッパーに少しずつたまっていくのを私はじっと待つ。窓の外を野良猫が一匹、優雅な足取りで通っていく。茶トラの雄猫で、前の通りでもよく見かける子だ。近づいても逃げはしないけど、決して触らせてくれないいけずなやつだ。哲学者にして思想家のカントは、コーヒーが出来上がるまでの時間が大嫌いで、〈死ねばコーヒーを待たされないで済む〉なんておかしな名言を遺しているけど、ほんとのコーヒー好きだったんだろうか。こうして待っている時間こそ、コーヒーをより美味しくする隠し味だと私は思う。

やがてトレイを手に、マスターがしずしずと私の元へとやって来る。テーブルにカップをそっと壊れ物でも扱うように置き、恭《うやうや》しくお辞儀して去っていく。

カップから、強い香りがふわりと舞う。私はその香りを胸いっぱいに吸い込みながら、なみなみ注がれた黒い液体に、たっぷりとミルクを注ぐ。深く濃い黒の中に白がすうっと混ざりこんでいき、表面で奇妙な模様が渦を巻く。どんなに美しいと思った模様も、ほんの一瞬もとどまってはくれない。この一瞬を、絵にして封じ込められたらいいのに。私はミルクが完全に混ざりきるのを惜しむように、まずは一口飲む。

やっぱり美味しいなあ。奥行きのあるほろ苦さに、ミルクのまろみが加わって、体の奥、それこそ細胞にまで染み渡るよう。こだわりを持つことの大切さが、この一杯にはたしかに詰まっている。自分も見習わなくては、と飲みながら自然と背筋が伸びる。

「絢子ちゃんはほんとに幸せそうな顔でコーヒー飲むねえ。惚れ惚れするよ」

滝田のじいさんに言われて、私はふふんと不敵に微笑んだ。

「コーヒーを美味しそうに飲むコンテストに出場したら、私、けっこういいとこまで行くと思うよ」

「そんなもんあるかい」

すぐに滝田のじいさんからそんなつっこみが入る。

それにしても——。

コーヒーのおかげで頭がだいぶしゃっきりしてくると、さきほど見た夢が妙に気になった。

夢が奇妙なのは当然なんだろうけど、いままで見た中でも群を抜いておかしな夢だった。

――旅に出ようと思う。もっといろんな世界を見たいの。

夢の中の私は、母に向かってそう言っていた。旅と言ったって、日帰り温泉とかそんなレベルの話じゃない。その口調からして、自分はすごく遠いところに行こうとしていた気がする。どこか知らない国の、知らない街へと行こうとしているような、強い覚悟を秘めた口調。水平線のかなたでも見据えているような、迷いのない口ぶり。夢だったとはいえ、ずいぶん大胆な発言をしたものだ。海外旅行なんて人生で一度きり、大学の卒業旅行でベルギーとオランダに四泊五日のツアーで行った経験しかないのに。

これまで、旅に出たいなんて思ったことは一度もない。そりゃあ絵を描く身として、いろんな美しい景色や本物の絵画を見たりはしてみたい。だけどそれは誰しもがテレビを見ながら「こんなとこ、行ってみたいなあ」と思うのとなんら変わらない。それどころか私は、生まれ育ったこの穏やかでやさしい下町情緒漂う街が好きすぎて、一生ここで暮らしたいと願ってすらいるのだ。住み慣れた居心地のよいこの世界を遠く離れ、言葉もほとんど通じないようなところに行くなんて、想像しただけで恐ろしい。

でも夢とはいえ、お母さんに久しぶりに会えたのはうれしかった。ふわりとやわらかい、母らしい笑みを見ることができてよかった。亡くなる前の病気のせいで別人のように痩せてしまった母でなく、元気な姿の母。旅に出る、と言って止めないどころか応援してくるのも母らしいといえば母らしい。生きていたら、ほんとうにあの通りの反応をしたんじゃないかという気もする。

いやいや、そんな呑気《のんき》に物思いにふけってる場合じゃなかった。

締め切りが迫っている。仕事に集中しなければ。私はテーブルの上の描き途中だったイラストに意識を戻した。

いま取りかかっているのは、都内の一部で無料配布されているアルバイト情報誌用のイラストだ。全部で五カットの依頼のうち、四カットまでは描き終わっているけれど、最後の一カットが描きあがっていない。最終ページのおたよりコーナーのわきに掲載する予定の、ケーキ屋で働く女の子の絵だ。

これが、かなり難航している。昨日の晩から何度も描きなおしているけれど、どうにも納得がいかない。そのまま家でずっと机に向かって作業をしていたらしんどくなってきて、気分転換をかねて開店したばかりのトルンカを訪れた。でも結果はこのとおり、無駄になったケント紙がテーブルいっぱいに散らばっている。

今日の夕方までに神田にある出版社に次号の打ち合わせもかねて、届けなければいけないのに。焦るとますます筆が乗らなくなる。

「そんなに気張らなくてもいいんですよ、今風のアニメっぽいノリの絵に仕上げてもらえれば。『萌《も》え』って感じで、チャチャッと描いちゃってくださいよ」

担当者には、以前から再三にわたって言われている。

一カット、三千円。全部合わせて、一万五千円の仕事。決して大きな仕事ではない。言葉どおりに受け取って、チャチャッと描いてしまえばいい。でも、私にはそれがどうしてもできない。たとえ小さな仕事でも、いまの私にはとても大切な仕事。来た仕事は全力で請け負う。納得したものを、意地でも相手には渡したい。手にとってくれた人が、はっと心奪われるようなものを届けたい。

それでこうして、徹夜してでも机に齧り付いて描くことになる。

しかも寝ずに必死で描いたものは力が入りすぎてしまうのか、大抵ボツを食らう。逆に息抜きのつもりでスケッチブックの隅に描いたラフ案が採用になることもしょっちゅうだ。

多分、根本的に間違っているのだ、力の入れどころが。

結果、悪循環にはまってしまう。

数をこなせないから、営業もかけられず、従って新規の仕事もこない。生活のため、昼間は花屋でバイトをする、イラストの仕事は夜に回さざるを得ない。少しでもよいものを、と寝る間を惜しんで絵を描く。求められるような今風の絵柄も描けず、だからますます仕事が来ない。

それが、本庄《ほんじょう》絢子、二十七歳、独身の現状。美大の油絵学科を卒業後、勢いでフリーのイラストレーターになったはいいものの、待っていたのはどうにも厳しい現実だった。──企業で働く同年代の女性の収入には遠く及ばず、恋やオシャレや流行とはまったく無縁。滝田のじいさんの言うように、勢いだけで突き進めるほど若くもない。いまの私の生活を支える主な収入源は、近所の花屋のバイト代だ。

そんな私ではあるけれど。

これが、なぜか不思議と悲観はしていなかったりする。前向きというか、能天気というか、自覚に欠けているというのか。きっとどうにかなるさ、と心の奥のほうでは思っている節がある。

〈人間の最も偉大な力とは、その一番の弱点を克服したところから生まれてくる〉

「幸福論」で有名な思想家のヒルティはそんな言葉を遺している。やっぱりこういう前向きな格言が好きだ。私の性質に合っている。言葉はいつも、私に力をくれる。それだけで十分。

だから夢の中とはいえ、「旅に出る」なんて自分が口走ったことに驚いた。その口調に一切の迷いがなかったのにも。なんで私はそんなことを思ったのだろう。

「ああもう、いいんだってば、夢の話は」

また気持ちがそっちに行きそうになり、気合いを入れ直そうと、ぐっとコーヒーをあおった。


そうして格闘すること、数時間。何枚もの紙を犠牲にしながらも、どうにか納得のいくカットも描けて、最後の仕上げに入ったころ。

「そっかあ。でも、まあわかってたことだし、しょうがないよね」

そんなさみしげな声がショパンの音色にまじって聞こえてきて、私はついと顔をあげた。時計を確認してみると、三時をまわったところだった。滝田のじいさんはとっくに帰ってしまったらしい。作業に没頭しすぎて、ちっとも気づかなかった。

声の主は、マスターの娘である雫《しずく》だ。いつ学校から帰ってきたのか、エプロン姿で店に出ていた。

雫が話しているのは、これまたいつの間に来たのか、アルバイトの修一《しゅういち》君だった。といってもその服装からして、今日は働きに来たというわけではないらしい。

「辞めるっていっても、別にもう来れないってことじゃないから。アパートも近いし、しょっちゅうお客として来るつもりだから」

「そうだね、そうだよね」

修一君の言葉に、雫が何度も頷く。まるで自分を言い聞かすみたいに。

「そうそう、だからそんな悲しそうな顔しないでよ」

「だって二年以上も働いてくれてたんだもん。やっぱなんか……。ねえ、お父さん？」

雫が隣に立つマスターに顔を向ける。いつもは従業員に厳しいマスターまでがしんみりとした顔で、

「修一の言うとおりだ。またいつでも来ればいいさ。コーヒーの淹れ方もまだまだ手ほどきしてやらないとな」

修一君を労《ねぎら》うように言った。

「修一君、ここ辞めちゃうの？」

三人のやりとりをテーブル席からずっと聞いていた私は、我慢できなくなって会話に割って入った。

修一君は「あ、どうも、絢子さん」と会釈しつつ、

「はい、今月いっぱいで」

といつもの生真面目《きまじめ》そうな顔で答えた。

修一君はたしか雫が高校受験を迎えるに当たって、マスターが雇ったアルバイトだ。以前はマスターの奥さんや雫の亡くなった姉の菫ちゃんと人員も足りていたため、家族以外でこの店で働いたはじめての人。ちょっとひねた感じもあるけど、真面目で礼儀正しい青年だった。

もう修一君はトルンカに、すっかり馴染《なじ》んでいた。それどころか、私の中ではすでに彼はトルンカという喫茶店の風景の一部みたいなものだった。賑《にぎ》やかで明るい雫とはまた違う、控えめで落ち着いた接客が好ましかった。彼もトルンカを愛しているのが、その姿からはいつでもしっかり伝わってきた。もう見られなくなると思うと、さみしくなる。

「そっかあ。来年の大学卒業まではいるのかと思ってた」

「僕もそのつもりだったんですけど」

修一君は来年の四月から編集プロダクションに就職が決まっていて、そちらが常に人員不足で雑用係としてしょっちゅうお呼びがかかるらしい。加えて卒論も進めねばならず、この先トルンカに出る時間がますます取れなくなりそうだという。

「仕方ないことだけど、さみしくなるね。でも卒業できなくなったら困るもんね」

私が言うと、雫がそれを受けて、

「千夏《ちなつ》さんも悲しむね。あ、別にここで会わなくてもどうせしょっちゅう会ってるか」

千夏さんはやはりこの店の常連さんで、修一君の恋人でもある。

「ほんと、雫ちゃんは一言多いなあ」

「お、シルヴィーったら照れちゃってかわいい」

雫がいやらしくもにやつきながら、さらに追い討ちをかける。幼稚園から知ってるこの子も、いつの間にやらずいぶんと一丁前の口をきくようになったもんだ。

「……でも俺、ここでみんなと会えたこと、忘れないです」

修一君がぽつりとつぶやいて、場が静まり返った。スピーカーから漏れ出る「子犬のワルツ」の楽しげな旋律だけがしばらく店内に響いた。

「らしくないぞ、修一」

少しの間を置き、マスターが修一君の肩を小突いて笑った。修一君も「おっと、口が滑った」とおどけてみせる。

彼の言葉にいろんな想いが込められているのが感じられて、不覚にもほろりとしてしまった。慌てて、仕事に戻る。

「新しいバイト、募集しなきゃね」

そう言った雫の声は、いまにも泣き出しそうだった。

山手線で神田まで出て、約束の時間に出版社を訪れた。ずっしり重たいトートバッグには、何枚ものイラストが収められたクリアケースが入っている。もちろんさっきまで粘って描きあげたケーキ屋の女の子の絵も、そのうちの一枚だ。

でも結果的に、その長き苦闘の末に出来上がったケーキ屋の女の子のイラストはまたも不採用だった。

「う〜ん、一生懸命さは伝わるんですけどねえ。もっとロリ感がほしいっていうか。本庄さんはそういうのお好きじゃないでしょうけど」

私の担当である井沢《いざわ》さんは困ったように首をひねった。

「ロリ感？　もっと子どもっぽくってことですか。でも二十歳くらいの女性のイメージっておっしゃってましたよね」

「あ〜、だからアニメ的なイメージですよ、誰もリアルの話はしてないでしょ。僕、何度も言いましたよね？　ほら、スマホの美少女ゲーとかあるじゃないですか。『アイドル戦線、混戦中！』みたいな。ああいうのがいまはウケてるわけで」

「はあ」

そうは言っても、「アイドル戦線、混戦中！」なるもののイラストがどんなものなのか、よくわからない。少なくとも私が水彩絵の具で仕上げた淡い輪郭の女性の絵と真逆のイメージなのは想像がつく。最近では、警察や鉄道会社までがこぞって美少女が描かれたポスターを採用していて、街中で目に留まるけど、それも「ああいうのがウケている」証拠なんだろうか。私などは、どうしても違和感を覚えてしまうのだけど。

結局、今回もスケッチブックに走り書きしてあったラフ案に色を入れ、明日の午後までにメールに添付して送るということで話がまとまった。

〈至上の処世術は、妥協することなく適応することである〉

ドイツの哲学者ジンメルの言葉が胸に沁《し》みる。ああ、そのなんとむずかしいこと。悔しさと、期待に添えなかった申し訳なさとで、しゅんとしていたら、担当に「あ、ひょっとして落ち込んでるんですか?」と嫌な顔をされてしまった。慌てて「いえいえ」と取り繕う。自分の不甲斐《ふがい》なさに落ち込んでいるのを、変な風に捉《とら》えられでもしたら大変だ。ただでさえ私の代わりなんて、ごまんといるんだし。

どうにか笑顔をキープして次号の打ち合わせを済ませると、出版社が入ったビルをあとにした。

ケータイで時間を確認すると、まだ神田に着いてから三十分も経っていない。寝不足で少し体がふらふらするし、背中から首にかけて鈍い痛みがある。でもこのまま帰るのも電車賃がもったいない。地元まで落ち込んだ気分を引きずるのも嫌だ。どうしたものかと決めかねながら、駅の方角へ向けてぶらぶら歩いた。

十一月中旬の夕暮れどきの街は、秋から冬に着々と移行していた。街路樹の銀杏《いちょう》の木の下に、黄色く色づいた葉がたくさん落ちている。吹き付けてくる風の冷たさに、薄着だった私はぶるっと体を震わせた。ちらほらとコート姿の人も見かける。

交差点で大勢の人にまじって信号が変わるのを待っていたら、

「本庄?」

急に名前を呼ばれて、私は振り返った。

「あれ、宇津井《うつい》?」

少し離れたところに、見知った顔を見つけた。信号待ちをしていた人たちが、ちらりと私たちを見たが、すぐに興味を失って前に向き直った。

「久しぶりだね」

数年ぶりの再会であるのに、それは実に淡々としたもので、お互い感動する様子もなく軽く手をあげあった。

「おう、久しぶりだなあ」

オリーブ色のダウンジャケットにジーンズ姿の宇津井の鼻先が、寒さに少し赤くなっていた。きっと私もそうなっているんだろうなと思いながら、ゆるくなっていたストールを巻きなおした。

「なに、仕事帰り?」

宇津井が私に訊ねてくる。

さっきまでの落ち込んだ気持ちはどこへやら。こんなところで大学の同級生、しかもかつての恋人だった人と出会う確率ってどのくらいなんだろう。そう思いながら、私は頷く。

「うん、仕事。そこのビルで打ち合わせがあって。そっちは?」

「いや、俺は、まあ、なんだろ。ちょっとぶらぶらって感じ?」

「ふうん」

一瞬、小さな間ができた。やがて、宇津井がふうっと小さく息を吐き出した。

「なあ、せっかく会ったんだし、茶でも飲む?」

「そうだね」

考えるより先に即答していた。あのころとなんにも変わらないような、あまりに自然な受け答えに、自分自身少しびっくりしていた。お互い、まるで昨日も顔を合わせていたような、何年もの空白が嘘みたいな、そんな調子だった。二年以上友人関係を続け、二十歳で付き合いだし、あっという間に別れ、その後同じ大学に通いながらも気まずくて卒業までろくに喋《しゃべ》ることもなかった二人。ほんとうなら、こんな軽い会話ができる関係じゃないはずなのに。逆にいえば、そんな気まずささえお互いなかったことにできてしまうほどの、長い月日が流れたということなのか。

連れ立って、最初に目についたファーストフード店に入った。

すでにトルンカで三杯コーヒーを飲んでいたので、私はホットココアを頼んだ。宇津井は涼しい顔をして、紙カップのカフェオレに砂糖を四杯も入れた。

「宇津井さ、あんた、少し太ったでしょ？」

私が眉をひそめると、宇津井は甘ったるそうなカフェオレを平然と飲みながら笑った。

「うん、大学のころに比べて十キロは太った」

「えー、太りすぎじゃない？　まあ、宇津井は痩せすぎだったから、いまくらいのほうが健康的といえなくもないけど」

「じゃあ、結果オーライじゃん」

宇津井はそう言って、また笑う。なんだかいろんな意味でまるくなったな、と私は思った。なにしろ昔は、ほとんど骨と皮でできているようなやつだった。その痩せぎすな体型もあってか、どこか常に切迫したような、ギスギスした雰囲気があって、喋りかけにくいという人もクラスに多かった。実際気分にかなりムラがあって、機嫌のよいときは気のきいたジョークで周囲を沸かせるが、機嫌が悪いときは一日中でもむっつり黙りこんでいた。私も友人のころは気にならなかったけれど、いざ付き合い始めると、その落差に、対応に困ることも多かった。

もっともそれも若さゆえ、しかも美大なんかに通っている人間にありがちな傾向だったのだろう。私だって偉そうなことはいえない、当時は相当気分のムラが激しかった。ただ、私は性格上、宇津井と違って感情表現がストレートすぎた。逆にそれで彼を困らせた。

性格的にはずいぶんと違う二人。だけど趣味嗜好の方向性はやたら似ていたから、映画やライブによく出かけたし、お互いの絵について批評しあったりもした。甘い台詞《せりふ》より、絵について語り合う方がよっぽど盛り上がった。宇津井はいい絵を描いた。私も彼と一緒にいることで、とても刺激を受けた。

友人としての相性は最高。だけど恋人としては微妙。そんな感じだった。別れたのは、こんな風にお互いすり減らして過ごすなら、友だちに戻ったほうがいいだろう、とあるとき、ふと冷静にお互い気づいてしまったから。

もっとも私たちの場合、友だちには戻れなかった。特にわだかまりがあったわけでもない。なにしろ「付き合ってみる?」「そうだね」なんて軽い調子ではじまって、半年ももたなかった関係だ。でも一度機会を失ってしまうと、意外なことに話しかけるのはとても勇気が必要だった。性格の違う二人だけど、ものすごく頑固な性格というのだけは共通していた。やがて気がつけば、挨拶するのがやっとの間柄になってしまっていた。おそらくこんな機会さえなければ、たぶん一生連絡を取り合うこともなかっただろう。

とにかく、いまの宇津井は体型だけでなく、醸し出す雰囲気が以前よりずっとやわらかだった。私に太ったと言われても、余裕でかまえている。

「男だって二十代半ば過ぎたら、肉がつきやすくなるらしいよ。前にテレビでやってたもん。だから、まあしょうがないんだよ、気にしたら負けだよ」

「いや、宇津井の場合、原因ははっきりしてるよ。あんたってそんな甘党だったっけ？」

私は宇津井が持つカップを指さした。

「うん？　ああ、最近ものの味があんまわかんなくってさ。辛いのでも甘いのでも、どうしても味を濃くしたくなっちゃうんだよなあ」

「ええ？　ちょっとは控えたほうがいいんじゃない？〈自分に打ち勝つことは勝利のうちで最大のものである〉とも言うしね」

「そうだな、気をつける」

宇津井は私に指摘されてはじめて気づいたという顔で、神妙に頷いた。それからふっと穏やかな表情になった。

「本庄は変わんないね」

「そう？」

「うん、ぜんぜん変わってない。服装とか髪型とか体型とか、なんも変わってないもん。シンプルに生きるのが信条って感じ？　おまけにそのへんちくりんな格言。昔もしょっちゅうわけわかんないこと言ってたもんなあ」

かの有名なギリシャの哲学者プラトンの言葉を、へんちくりんとはどういうことか。いや、プラトンはいまは関係ない。そうか、私は変わっていないのか。これでも少しは成長したつもりだったのだけど。少なくとも精神的には多少は強くなったつもりなんだけどな。といっても、いま会ったばかりの宇津井に内面の変化までが伝わるわけもないか。

「フリーでやってるんだっけ？　すげえよな」

「すごくないよ。まだぜんぜんだよ。さっきも自分の力量のなさに、肩を落として歩いてたとこだもん」

「とにかく本庄が元気そうでよかったわ。なんかほっとした」

「宇津井は……元気じゃないの？」

なんとなく宇津井の物言いによくないものが感じられて、気がつくと小声になっていた。

「俺さ、仕事辞めたんだよ」

「そうなんだ？」

私は驚いて、声を詰まらせた。

「うん、一年くらい前に。太りだしたのもそれから」

宇津井は大学卒業後、印刷会社に就職したと風の噂で聞いていた。スクリーン印刷という特別な技術をつかって、版画の製作を請け負う会社だ。そっちの世界では老舗《しにせ》の会社として知られ、美術館やアーティストからの依頼で複製画の製作をすることも多いところだ。

宇津井は「俺の就職先なんてよく知ってたなあ、別れてからはろくに口もきかなかったのに」と笑ったあとで（そっちだってしっかり知ってたじゃん、とは言いそびれた）、逡《しゅん》巡《じゅん》するように私の顔を窺い見た。

「……俺さあ、ウツっちゃってさ」

「え？　どういう意味？　なにが移ったの？」

意味がわからず、聞き返した。

「違う違う。心のほう、鬱《うつ》だよ、鬱」

驚きに、しばし言葉を失った。

「おいおい、そんな顔すんなって。もうだいぶよくなったんだから。つーか、よくなってなかったら、こんな風に外出歩いたり、お茶したりできないだろ」

「そ、そっか」

心の底からほっとして頷いた。

「……鬱になるのを、ウツっちゃうって言うの？」

「いや、俺が勝手に言ってるだけ。なんかそのほうが聞いてるほうも軽く聞き流せるかなって思って。宇津井がウツった。どうよ、俺の体を張った渾身《こんしん》のオヤジギャグ」

宇津井は、へへっと笑ってみせたけど、ぜんぜん軽く聞き流せるような気分にはなれなかった。彼がそんな大変なことになっているなんて、ちっとも知らなかった。想像するだけで、胸がやすりをかけられているみたいにきりきり痛んだ。

言ってしまったら気が楽になったのか、宇津井は力が抜けたように背もたれにどさりと体を預けた。

「仕事、めちゃくちゃ忙しくてさ。スクリーン印刷って、なんか響きはかっこいいけど、体力仕事なんだよ。一日中立ちっ放しで、でっかい機械を相手に格闘して、おまけにインクの発色が命だからさあ、色に影響が出ないよう、夏場でも四十度以上の部屋にこもりきりでやるわけ。しかもインクってしっかり体に有害じゃん？　だから肌も体もぼろぼろ」

最初はただ体が疲れてるだけだと思った、と宇津井は続けた。体が資本の仕事だ。体調を気遣って、酒を控え、早く休むようにした。でも悪くなる一方だった。夜、まったく眠れなくなった。大量のセミが真横でわんわん鳴いてるみたいな耳鳴りがして、なにを食べても味がしなくなった。気がついたら、世界が薄い膜を隔てたみたいに遠くなっていた。なににも興味が持てなくなった。指一本動かすのですら苦痛だった。「みんな同じ条件で働いてるってのに、なんで俺だけこんな弱いんだ」と思い、果てしなく落ち込んだ。

宇津井はそこまで話すと、カフェオレを一口飲み、これたしかに甘いなあ、と顔をしかめた。

「……で、いつの間にかさあ、毎日死んじゃいたいってそればっか考えるようになってさ。あそこのビルから飛び降りれば死ねるかなあ、とか、いま線路に飛び込んだら楽になれるかなあ、とか出勤中はずっとそんなこと考えてるの」

そんな彼の異変に一番仲のよかった同僚が気づき、病院に連れていってくれたのだという。その場で入院と決まり、最初は休職扱いにしてもらっていたが、復帰できる見込みも立たず、二ヶ月後に仕事を辞めることとなった。

「あんとき、同僚が病院まで連れてってくれなかったら、本気でアウトだったと思う」

宇津井はそう言うと、私のほうを見て「うわあ！」と慌てた声をあげた。

私は、ぼろぼろ泣いてしまっていた。

仮にそのとき知ることができていたとしても、私に一体なにができただろう。だけど、彼がそんな孤独な場所に身を置いていたとき、自分がなにも知らなかった事実が無性に悔しかった。別れてからだって、卒業して一切連絡をとらなくなってからだって、恋愛感情とは別のところで、彼をひそかに励みにしている自分がいた。会うことはもうなくたって、同じ空の下あいつもがんばっているんだと、かつての同志を思うような気持ちで勝手に救われていた。それなのに——。

「仕事辞めようとか、ちょっと休もうとか思わなかったの？　そんな自分を追い込むこと、なかったじゃない……。なんか宇津井らしくないよ……」

いま自分たちは一体どんな風に見えているだろう。別れ話を切り出した彼と、別れたくないと泣き出す彼女の図？　早く涙をとめなければ宇津井もいたたまれないだろうと、私はポケットティッシュを大量に消費して鼻をかんだ。

「ごめん」

宇津井がなぜか急に謝る。ああ、これじゃあますます誤解を招く。ニーチェの〈事実というものは存在しない。存在するのは解釈だけである〉ってやつだ。

「なんで謝るの？」

「せっかくの再会なのにこんな辛気臭い話しちゃって。本庄を泣かせちゃって」

「私が勝手に泣いてるだけだから、謝る必要ないよ」

だけど宇津井は、ごめん、とバカのひとつ覚えみたいに繰り返す。私はつい苛立《いらだ》って、「しっこい！」と叫んでしまった。いまや店内中が私たち二人の成り行きを緊迫した面持ちで見守っていた。だけど当の本人の私たちは、そこまで来るともはやどうでもいい気持ちになってしまって、二人して一斉に吹き出した。

「さっき本庄が言ったみたいに、開き直れてたらよかったんだろうけどなあ」

ひとしきり笑い、周囲の興味もようやく失われたところで、宇津井がしみじみした声を出した。

「あとから俺も思ったよ、『俺、アホじゃねえの。なに死のうとか考えちゃってんの』って。でもそのときは、だめだったんだよなあ。毎日、泥の中を歩いてるみたいな気分で、どこにも出口がないって信じ込んじゃってて。医者に連れてかれたときだって、俺、自分がそんな病気だなんて信じなかったんだぜ。ああ、俺、病気だったんだなあって認められるようになったのは、入院してずいぶん経ってからだったんだよね」

「そっか……」

「でもさ、こうなってよかったと思うこともあるよ」

「え？」

宇津井の思いがけない言葉と明るい声に、私はココアの入ったカップから顔を上げた。

「俺、昔すっごい傲慢《ごうまん》だったろ？　気分屋で自分勝手で。なんも見えてなかったんだよなあ。自分がこんな目にあって、はじめて知った。普通に暮らせるってことが、笑えるってことが、こんなにも素晴らしいことなんだって。それで、以前よりはちょっとは人の痛みとかがわかる人間になれたかなって。少しはやさしくなれた気がするんだよな」

宇津井はそう言うと、はにかんだように笑った。それは学生時代には見せたこともないような、とても晴れやかな笑顔だった。

すでに日の落ちた谷中銀座商店街を、二人、歩いていた。二人、というのは私と宇津井。神田から電車に揺られ、ここまでやってきた。

子どものころから慣れ親しんだ商店街を、宇津井と肩を並べて歩いているというのはおかしな気分だった。そういえば付き合っていたころも、宇津井の一人暮らしのアパートに遊びに行くことはあっても、彼が私の地元を訪ねてくることはなかった。当時、「うちにも遊びにきてよ。お母さんにも会わせたいし」と話したことはあったけど、結局その約束は果たされないまま終わってしまっていた。いまになって、そんな約束を果たすことになるとは。

ぼんやりと明かりが灯った商店街を進むだけで、知り合いにたくさん遭遇する。みんな、にこやかに挨拶してくれる。トルンカの常連である千代子《ちよこ》ばあちゃんもいた。「あら、絢子ちゃん、こんばんは」と挨拶する声が、いつもより弾んでいる気がした。ここ最近はどこか上の空で元気もないようでひそかに心配していたけど、今日は背筋もしゃんと伸び、溌剌《はつらつ》としている。なにかいいことでもあったのかもしれない。

千代子ばあちゃんの背中を見送って再び歩き出すと、

「本庄がこの場所で生まれ育ったって、なんかすごい納得だなあ」

後ろからダウンジャケットのポケットに手をつっこんでついてくる宇津井が、なぜか感心していた。

「え？　なんで？」

「大学でも男にも女にも、みんなに好かれてたじゃん。飾り気がなくて、世話焼きでさあ。しかも本人は別に世話焼いてるなんて自覚ないんだよね。なんかもう、それが当たり前って感じなの。俺のまわりでも『本庄ってお姉ちゃんみたいだよな』ってみんなよく言ってたわ」

そんなことみんなに言われてたなんて、ちっとも知らなかった。特別、誰かの世話を熱心に焼いた覚えはないのだけど。

「さっきもさあ、マックで俺の話聞いて泣いてくれちゃったりして」

それについてはもう触れてほしくない。思い出すと、顔から火が出そうだ。別れ話をしたあの日だって、泣き顔なんて絶対見せなかったのに。

「いまだってさあ、数年ぶりに会った元カレのために、バイト紹介するなんつって連れてきてくれてさあ」

後ろでまだそうぼそぼそ声がするけれど、私は恥ずかしさに聞こえない振りをした。だいたい、元カレって表現は軽薄な感じがするから嫌いだ。

そのまま早足で進み、一本の細い路地の前で立ち止まると、「え、ここ入るの？」と宇津井が目をまるくした。「そう、この先」私はその細い路地を進んでいく。

やがて道の終点に見えてきた三角屋根にチョコレート色の建物の前で、私は立ち止まった。窓からもれたランタンのやわらかい明かりが、路地にひっそりと落ちている。

「おお、ここがそうなんだ？　すごい風情のある店だな」

期待以上の反応に、この店の常連客である私はちょっと誇らしい気持ちになった。なんにせよ、好印象のようでなによりだ。

「でしょう？　私は仕事で立ち会えなかったけど、なんかこのあいだは映画の撮影にも使われたらしいよ。マスターの立花さんは、ほんとはそういうの嫌いな人だけど、頼み込まれて今回だけは特別ってことで」

「そうなの？　そんな話聞かされたら、俺、自信なくなってきた」

「あ、ごめん。大丈夫、気のいい人ばかりだし、そんなに混むような店でもないから。時給はたぶん安いけどね。軽い気持ちでとりあえず話だけ聞いて、どうするかはあとで決めてくれればいいよ」

「わかった」

　さきほど病気になってよかったこともある、と笑顔を見せた宇津井だけど、現実問題として困ったこともあった。宇津井は仕事を辞めてからこの一年近く、医者からの勧めもあり、療養に専念していた。そのあいだ、失業保険と貯金を切り崩して生活していたけれど、さすがにそろそろ「金がやばい」ことになってきた。いま住んでいるアパートの家賃もこのままだと支払えなくなる。そこで、いまの自分でもできそうなバイトを探しているのだそうだ。

「できれば、のんびりした雰囲気のとこがいいんだけどね。贅沢《ぜいたく》言ってらんないのはわかってるんだけど、また潰れちゃったらって心配がどうしてもあって」

　神田にいたのも、近くにある神保町《じんぼうちょう》の古本街でアルバイト募集の張り紙が出ていないかと期待してのことだったそうだ。なるほど、たしかに古本屋ならば静かでのんびりしているに違いない。だが、そうそう希望通りの募集があるわけもない。

そこで、ピンと閃《ひらめ》いた。彼にトルンカを紹介してみるのはどうだろうか、と。修一君の代わりのアルバイトとしてマスターに雇ってもらうのだ。宇津井の求める雰囲気に、ここより合致した場所もそうはあるまい。

ならば、善は急げ。いいところがあるから、と半ば強引に連れてきてしまった。ああ、こういう私の性格が世話焼きってことなのか。でも、少しでもいいから彼の役に立ちたい、という気持ちだった。

「マスター、バイト希望者連れてきたんだけど。ほら、修一君の代わりの人」

ドアを開けて声をかけると、

「ええ？　ずいぶん急だな、まだ募集の張り紙もしてないよ」

マスターは相当びっくりしたようだ。だけど私が簡単に事情を説明して宇津井を紹介すると、その場で簡単な面接をしてくれた。

「じゃあ、宇津井君、来週からお願いできるかな？」

ぽんと自分の膝《ひざ》を叩いて結論を出したマスターに、宇津井が目をまるくした。

「え？　もう決まりですか？　ほかの人、面接とかしないでいいんですか？」

「こっちはいいよ。絢子ちゃんの紹介だしね。あとは君の都合が合うかだけど」

「じゃあ、はい、ぜひお願いします」

それであっという間に話はまとまった。時給は八百五十円と安いけど、早番でも遅番でも賄《まかな》いがつくとのことだった。

「本庄、おまえってやっぱりすごいな」

一緒に店を出ると、宇津井はなんだか呆然《ぼうぜん》とした顔だった。

「え、なにが？」

「だって俺、ここ一ヶ月くらいずっと探してたんだよ。だけどいざとなると行動できず、ずっと決めあぐねてて。それがおまえが紹介したら、一瞬で決まっちゃうんだもん。しかも俺の希望どおりじゃん」

「タイミングがよかったね。マスター、ちょっと顔は怖いけどよさそうな人だったでしょ？」

「うん。ここなら俺でもできるかもって素直に思えたよ」

「なら、これにて一件落着だね」

宇津井が気に入ってくれたようで、私も内心ほっとしていた。

「ありがとな、本庄。恩に着る」

「いいっていいって」

だって友だちじゃん、と言いかけて、自分たちの関係を友だちと言っていいのかわからず、言い淀《よど》んだ。何年も音沙汰《おとさた》なかった二人。だけどやっぱり私にとって、宇津井は元カレとかそんな軽薄な関係じゃなくて、得がたい大切な友人だと思いたい。また、宇津井にとって自分もそうであってほしいと思う。

「俺さ、大学のときの友だちに、仕事辞めてからは誰とも連絡とってなかったんだ。やっぱほら、俺にも見栄はあるじゃん？　こんな自分、知られたくないじゃん？　まして本庄とは気まずく終わっちゃってたし。だから信号待ちしてる本庄の姿に気づいたとき、遠くから眺めて、声かけようか実はけっこう迷った。でも思い切って話しかけてほんとよかった。あ、いや、バイト紹介してくれたからって意味だけじゃないよ」

あらたまってそんなことを言われてしまうと、照れくさい。だけど役に立てたことは素直にうれしい。行動にますます勢いがつく。

できることなら、このままもうひとつの問題も解決してしまいたい。つまり住むところ。話の感じだと、家賃の支払いがかなり大きな負担になっているようだし。それにトルンカでバイトするにしても、いま彼が住んでいるアパートからは一時間はかかってしまうだろう。

「このへんでいい物件が見つかるといいんだけどねえ。でも引越しってことになれば、余計費用がかかるしなあ」

路地を抜けるあいだ、腕を組んで私が考え込んでいると、

「いいよいいよ。それはこっちでなんとかするし。本庄の世話にばっかかなれないって」

宇津井が慌てたように言った。だけどその声も私の耳にはちっとも入らない。考えに夢中になると、人の意見を聞けなくなるのが昔からの悪い癖だ。

「そうだ！」

私は妙案を思いついたとばかりに、ぽんと手を打った。

「ねえ、宇津井」

「うん？」

「いっそ、うちに住む？」

勢いというのは恐ろしい。私は後先も考えずにそう言っていた。

「えーっ！」

宇津井が目玉が飛び出しそうなほど驚いている。私はそれにもかまわず続けた。

「別に変な意味じゃないから安心して。どうせ私しかいないし、部屋が余ってってもったいないなあって思ってたんだよね。さすがに誰にでもってわけにはいかないけど、宇津井ならばその点も気心知れてて安心だし」

「だっておふくろさんは？」

「あ、そっか。宇津井は知らないのか。三年前に病気で死んじゃったの。だからいまは私ひとり」

「あ、そうなんだ、わりい……」

「トルンカのバイトと一緒で、身構える必要はないよ。出て行きたいときはいつでも出て行ってくれていいし。ボロ屋だから家賃なんて当然いらないし。それともほかに問題ある？　ああ、付き合ってる子に怒られるとか？」

「いや、そんなもん、いないって。仕事辞めたときにあっさりフラれちまったよ」

人が一番弱ってるときにさっさといなくなってしまうって、一体なんのための恋人だろう。私だったら絶対そんなことしないのに。いや、当の本人同士でない私がとやかく言うようなことではない。

宇津井は、うーん、そんなに甘えちゃっていいのかなあ、と路地に立ち止まって唸《うな》った。

だけど下町気質《かたぎ》ばりばりの気の短い私は、もうこれ以上この件について考えるのがすでに面倒になっていて、さっさと決めてしまいたかった。なにしろイラストの仕事だってまだ終わっていない。明日は昼から花屋で仕事がある。早く家に帰って仕上げてしまわねば。

「もうそれでいいじゃん。〈与えられたるものを受けよ。与えられたるものを活かせ〉ってね。まあ無理にとは言わないから、軽い気持ちで考えてみて。で、結論がでたら連絡ちょうだいよ」

私は強引に話を終わらせると、「おーい、バカ、駅どっちだよ！」と叫ぶ宇津井を路地に置きざりにして、一目散で家へ帰った。

「修一君の送別会を開こうよ」

数日後の夕刻。お店に顔を出すと、雫がそんな提案をしてきた。夕方くらいから常連さんたちが集まり、ささやかながらトルンカで彼の門出を祝福しよう、と。

あと数日で終わるバイトに出ていた修一君は予想通り、「そんなの必要ないよ」と辞退したが、相手は雫だ。聞き入れるはずがない。

「いいね、やろうよ」

私も、すぐに雫の意見に賛同した。なんとなくこのまま修一君が去っていくのは、さみしいなと思っていたところだった。なにしろこれは修一君にとっての立派な旅立ちだ。トルンカという居心地のよい、古巣からの。「俺、ここでみんなに会えたこと、忘れないです」そう言ってくれた修一君を、みんなで明るく送り出してあげようじゃないか。いつか彼がもっと年をとってから、そんな日があったと懐かしく思い出せるように。

「えー、絢子さんまで雫ちゃんの味方ですか」

修一君は、眉毛を八の字にして困った顔をした。

「俺、いままでそういうのしてもらったことないから、どんな顔してたらいいかわからないですよ」

「いいのいいの、修一君は主役なんだから、ドーンとかまえてれば。わたしに任せなさい。じゃ、明後日の夜、空けておいてね」

雫はそう言うと、実際にドーンと胸を叩いてみせた。

困るなあ。修一君は照れくさそうに頭をかいていたけど、少しうれしそうだった。

そうして送別会の日。私が五分遅れで店に顔を出したときには、すでに参加予定者はみんな揃《そろ》っていた。マスターに雫はもちろん、滝田のじいさんや千代子ばあちゃんをはじめとした年配の常連さん、それと修一君の恋人の千夏さんに――。

「おっせえぞ、絢子ねえちゃん」

そう生意気な声をかけてくるのは、雫の幼馴染の浩太《こうた》だ。

「仕事に夢中で気がついたら、この時間だったのよ」

現在は、知り合いの雑貨店に頼まれたフリーペーパーのイラストと格闘しているところだった。

「主役の修一さんより遅いとか、ありえねえし」

「なんだ、あんた、最近私に対してずいぶん生意気じゃないの。前はビビってたくせに」

浩太は子どものころから私のことが苦手なのだ。本人は隠してるつもりでもバレバレ。でも最近は私の前でも妙に堂々としている。

「いつまでも昔の浩太さんだと思うなよ」

浩太はにやりと口の端を上げ、ちっちっちと指を振った。ハードボイルドを気取ってるつもりらしい。

なんだか知らないが、こいつもなにか吹っ切れるようなことがあったみたいだ。心なしか前よりも表情が凛々《りり》しくなったようにさえ思える。もっともハードボイルドとは程遠く、

「浩太、うっさい！」と雫に頭をはたかれると、すぐに調教された犬のようにおとなしくなった。やはり雫にはまだまだ、かなわないとみえる。なんにせよ盛り上げ役として、こいつがいてくれるのは大いに助かる。

「なんかすみません、わざわざみなさんに集まってもらっちゃって」

カウンター席の真ん中に座らされていた修一君が、集まった私たちに心苦しそうに頭を下げた。

「なに言ってんだ、シルヴィー。ほんと遠慮しいなんだから」

滝田のじいさんが呆れて言うと、浩太も調子に乗って、

「シルヴィーったら照れちゃってかわいい」

と場を盛り上げる。

修一君がシルヴィーと呼ばれるたび、一番奥の席に座る千夏さんが俯《うつむ》いて顔を赤らめている。詳しいことは知らないが、シルヴィーというあだ名の名付け親は彼女らしい。幼い見かけとは裏腹に、なかなか風変わりなセンスをしている。

「みなさん、お待たせしました」

そうしてみんなで好き勝手に話しているあいだも、カウンターの中で黙々と人数分のコーヒーを淹れていたマスターがカップを並べはじめた。私たちは各々、白いカップを手に持つ。

「えー、本来ならお酒でも片手に門出を祝うところでしょうが、ここは純喫茶です。酒は置いてません。コーヒーで勘弁してください。——お別れと言っても、二度と修一が来なくなるわけじゃありません。ここ、トルンカで繋《つな》がった出会いがなくなるわけではありません。そうだろう、修一？」

マスターの問いかけに、修一君が無言で頷く。

「いつでも来てくれ。なにかしんどいことがあったら、ここで誰かに愚痴《ぐち》ればいい。安心しろ、ここにいるみんな、おまえの味方で友人だ。だけどもう次回からは客だ、支払いだけはきっちりするように」

最後のところでどっと笑いが巻き起こった。せっかく途中まではいいスピーチだったのに。

「じゃあ、奥山《おくやま》修一君の門出に乾杯！」

マスターがカップを掲げると、全員がそれに倣い、それから口にカップを運んだ。あちこちで、ふうっと小さなため息がもれる。コーヒー嫌いだったはずの雫までも。だけど私たちの中心にいる修一君だけは、一向にカップに口をつけようとしなかった。彼の肩は、小刻みに震えていた。

「冷めるとまずいって何度も教えただろう。飲め、修一」

マスターに促されて、修一君はこくんと頷いた。彼がカップに口をつけると、「よっ、大統領！」と意味のわからないかけ声が飛ぶ。もちろん浩太だ。

「……やっぱりトルンカのコーヒーが旨いです」

やっと今日はじめての笑顔が、彼の顔に浮かんだ。

その後、マスターと雫、千代子ばあちゃんの三人でお昼から用意してくれていた料理をみんなで食べた。チキンカレーに、ミックスサンドウィッチ、ミートソースにナポリタンのパスタ。トルンカのいつものメニューだ。朝にパンを齧っただけの私は浩太と競うように料理を平らげていった。

やがてお皿の大半が片付くと、雫が、今日のために準備したものがある、とおもむろに言い出し、真ん丸いお菓子の缶を持ってきた。蓋《ふた》を開けると、真っ白いレースのようなものが、ランプの光を受けてきらめいた。

紙ナプキンでつくった、バレリーナだ。小さな、人差し指大の人形。それが缶の中に三十体以上おさまっている。驚くほど繊細な仕上がりだ。髪を後ろに結い、ほおずきみたいにスカートを膨らませた衣装に身を包み、細い両腕を優雅に広げる姿は、ひとりひとり表情まで読み取れるようだ。

「あら、きれいねえ」

中をのぞきこんだ千代子ばあちゃんがうっとりしたように言った。

「へへ、わたしがつくったと自慢したいとこだけど、違うんだな。これ、千夏さんがつくったんだよ」

みんなの視線が集まると、千夏さんは慌てて目を伏せた。なんでも千夏さんはこの紙ナプキンのバレリーナをつくるのが好きで、ずっと続けているうち、いまでは紙ナプキンさえあればどこでもつくってしまうらしい。しかもほとんど無意識で。そして、その細やかさにすっかり魅了されてしまった雫が、こっそり回収して集めた。千夏さんは日曜以外仕事で滅多にトルンカに来ないから、これだけ集めるのに一年近くもかかったそうだ。飽きもせずに集める雫も、これだけ紙ナプキンで繊細なものを表現できる千夏さんも、どちらもすごい。感嘆してしまう。

千夏さん本人もいまのいままで知らされてなかったようで、おろおろしていた。その姿が小動物を連想させ、愛らしい。

「びっくりしました。ただの手慰みでつくったものを雫ちゃんが集めてただなんて……」

隣にいた修一君が笑う。

「僕も雫ちゃんに集めるの手伝わされたけど、千夏さんには内緒にするようにってきつく言われてたんだよね。ほんと、よくこれだけ集めたねえ」

バレリーナは全部指の先で繋がれていて、雫がそれをレースのアーチのようにカウンターの前部にとりつけた。ちょうど席に座ったお客さんの目線になる位置に。

「あらあら、素敵ねえ」

「うん、いいんじゃない」

出来上がったバレリーナのアーチを見て、それぞれ好意的な感想が口をつく。私も一緒になって頷く。美しいバレリーナによって、ちょっと殺風景だったカウンター周りがとても華やいで見える。トルンカのレトロな雰囲気にも、よく合っていると思う。

「修一君も、これが完成しないまま出て行くのは心残りかと思って」

雫がとびきりの笑顔で言い、修一君も微笑む。

「たしかにそうだね。雫ちゃん、ありがとう」

千夏さんは「うれしい……」とつぶやいて、こっそり涙を拭《ぬぐ》っていた。

和やかで、楽しい会だった。マスターの挨拶にはうっかり泣かされそうにもなったし、久しぶりにたくさん笑った。その場に参加しているだけで、思いのほか元気をもらった。

人との繋がりってつくづく不思議だ。

そんなことを、ふと思う。生きるっていうのは、人との出会いの連続だ。それこそあの、バレリーナのアーチのように、ずっと先まで繋がっている。

トルンカという場所は、案外その縮図みたいな場所かもしれない。年齢も立場も違う私たちが、それぞれの事情を抱えながらも、ここでこうしてふとした縁によって繋がって、ときには別れもする。誰かが旅立つのを、こんな風にみんなで祝ったりだってする。

だけど、マスターが締めにと最後に淹れてくれたコーヒーを飲みながら、少しさみしくなってしまった。

ここにもうひとりいてほしい人が、足りない。少し前にこの街を出ていって以来ちっとも音沙汰のない、この店のコーヒーがなにより好きだった人が。

彼がいまも元気にしていますように。暗い場所にひとりでいませんように。

私はみんなの輪で笑いながら、あのぶっきらぼうな表情を思い浮かべた。早くまた、こんな風に一緒にコーヒーが飲める日が来るといい。その日が来るのが、待ち遠しい。

不意に、ジーンズの後ろポケットに入れていたケータイが震えて、メールの着信を知らせた。確認すると、宇津井からだ。

メールの文面を読んで、「お」と声が出た。

「このあいだの話、本庄に甘えさせてもらおうと思います。いいかな？」

宇津井のメールには、そう書いてあった。

このあいだの、というのは、つまりうちに住む件についてだ。そういえば私が一方的に決めてしまっただけで、宇津井の返事をまだ聞いていなかった。

「絢子ねえちゃん、なににやにやしてんの？　気持ち悪い」

雫に言われ、私は慌てて自分の頬をおさえた。

「え？　私、そんな顔してた？」

「してたね。メール、誰からよ？　絢子ねえちゃんにもとうとう春が来たか？」

「あら、そうなの」

千代子ばあちゃんまでが顔を輝かし、浩太が私の弱みを握ったとばかりにほくそ笑む。

まったく、雫ときたら余計なことを言ってくれて。おかげでみんなに完全に誤解をされてしまった。私は雫の頭をぺしっと叩いてから、宇津井に向けて「了解」と返しておいた。

宇津井の引越し当日は、よく晴れた日だった。引越し日和というものがあるのなら、まさにこんな天気の日を言うのだろう。

約束の時間より三十分遅れで、引越し業者のトラックが私の住む家へとやってきて、

「ほんとにいいのかなあ」

トラックに一緒に乗せてもらってきた宇津井は、この期《ご》に及んでまだそんなことをぶつぶつ繰り返していた。だけど引越し屋の派手な髪色のお兄さん二人が待ってくれるはずもなく、家の中に荷物を次々と運び込んでいく。おそろしいほどの手際のよさ。私たちが手持ち無沙汰でなにか手伝おうとしても、「邪魔になるので下がっててください」と追い払われてしまった。

仕方なく、二人して居間の隅に縮こまるようにして、引越し屋の兄さんたちが縁側から出入りするのを眺めていた。宇津井はあまり荷物を持ってこなかった。不要と思われる家電や家具は、リサイクル店に引き取ってもらったそうだ。「自分がいかに不要なものに囲まれて暮らしていたか、よくわかった」とのことだ。

北向きに建つ古い日本家屋の我が家には、あまり部屋の中まで陽が入らない。薄暗い部

屋から明るい庭を見ていると、冬の匂いがした。湿った、枯葉の匂い。この一週間でますます寒くなった。そろそろストーブを準備して石油の配達もお願いしなきゃな。そんなことをぼんやり考えているうち、ああ、これから宇津井と暮らすんだなあ、とやっと実感がわいてきた。それと同時に、うまくやっていけるだろうか、とちょっとだけ不安になった。でもまあ、なんとかなるだろう。順応が早いのは、私の取り柄だ。

「どう、ボロいけどそんなに悪くないでしょ？」

業者が風のように去ると、母の仏壇に宇津井の紹介がてら一緒に手を合わせたあとで、家の中を案内した。

「いやいや、いい家だよ。畳の部屋ってやっぱり落ち着くな」

「まあ借家なんだけどね。このあたりは本来は近くのお寺の土地だから」

「へえ、面白いんだな。世の中、俺の知らないことだらけだわ」

宇津井は変なところに感心していた。

「とにかくそういうわけで、あらためてよろしく。なんか必要なものがあったら遠慮なく言って」

「うん。飯とかってどうする？」

「そのへんは各々自分でやろう。私、部屋で大抵仕事しながら適当に済ませることが多いから、宇津井も好きにするといいよ。お風呂とかもいつでも好きなときに入っていいし」

花屋の手伝い以外の時間をのぞくと、私の生活はかなりめちゃくちゃだ。筆が乗るという理由で、イラストの仕事は大抵夜にしているし、食事もおなかが空《す》いたと思ったら食べる。特に母を亡くしてからこの三年のあいだは、規則正しさとは完全に離れた生活ぶりだ。

これを機に少しはあらためられるといいのだけど。

「わかった、なるべく面倒かけないようにする」

宇津井が、真面目くさった顔で頷いてみせる。

「とは言っても今日は宇津井の引越し祝いをしよう。スーパーでお肉買ってあるから、すき焼きでもいい？」

「え、マジで？　お金、半分払うよ」

「いいよ、今日は宇津井のお祝いなんだから。でも特別なのは今日だけね」

「もちろん」

そういうわけで、その夜は二人して鍋を囲み、ビールを一缶ずつ飲んだ。

トルンカで修一君の送別会をして以来、久しぶりにちゃんとしたものを食べた。しかもそれがすき焼きとは、なんと贅沢なことだろう。卵にお肉や白菜をひたひたに浸して食べると、えも言われぬ幸せな気持ちになった。夕食前にコンタクトを外し眼鏡になった宇津井が鍋をのぞくと、レンズが真っ白に曇った。「肉はどこに行った?」と箸《はし》を宙で泳がせる彼の姿は、けっこう笑えた。

〈友とぶどう酒は古いほどよし〉

これは格言ではなくて、イギリスの諺。言葉のとおり、どちらも古いほうがよく馴染むという意味だ。なんとなく響きが好きで、子どものころからときどき使っていたけれど、どうもいまひとつピンとこなかった。この年になって、なるほど、こういうときに使えばよかったんだ、とようやく理解できた気がする。

私たちは、けっこううまくやれていた。

少なくとも宇津井が家にいるという状況に、一週間もせずに私は慣れてしまった。もっとも初日以降、食事を一緒にすることもないし、私は家にいるときは部屋にこもることが多いしで、顔を合わせることがあまりないという前提あってのことだけど。

でも母がこの世を去り、長いあいだひとりで生活していただだっ広い家に、誰か別の人の気配がするというのは、予想以上に私に安心感を運んできた。宇津井が廊下を歩く気配、ドアがぱたりと閉まる音。壁越しにときどき聞こえる生活音。そういったものに、妙に心が安らいだ。

〈山は山を必要としない。しかし、人は人を必要とする〉

こっちはスペインの諺。これもまた、子どものころからしたり顔で何度も口にしてきた。

アイロンにお茶碗に座布団。この家には、母が使っていたものがいまだにあふれている。主である母を失って、それらが心なしかさみしそうにしているように感じられるときがあった。そんな夜は仕事で気を紛らわすしかなかった。母の思い出が染み付いた家があまりにも広く感じられて、途方に暮れてしまうことがあった。

私は、誰かにそばにいてほしいと心の奥では求めていたのかもしれない。

もちろん、それは誰の気配でもいいというわけじゃない。相手が宇津井だから、いいのだ。気心の知れた、いまさら取り繕うような間柄じゃない故だ。これがただの昔からの友人同士だったら、おそらくこうはいかない。一度付き合って別れたからこその、気の抜けた関係なのだと思う。

私たちが再び恋に発展することは、もうない。一緒に暮らしていると、よくわかる。そういうのを超越したからこその、いまの仲だ。

だけど、あんまり気を抜きすぎるのも問題かもしれない。

昨日の、夜のことだ。居間でこたつに入ってぼんやりテレビを見ていたら、宇津井が、うーん、となにやら悩みごとでもあるように唸りながら、風呂から出てきた。

「なに、どしたの？」

私が寝そべったまま声をかけると、

「うーん。言うべきか言わざるべきか」

宇津井は体からほかほかと湯気を出しながら、まるで戯曲の台詞みたいなことをつぶやく。

「どうしたのさ。なんか悩み？　ひょっとしてトルンカのバイトのこと？」

私は何事かと心配になって起き上がった。

すでに宇津井がトルンカで働きだして、三日が経っていた。大学生でまだあどけなさの残る修一君と違って、宇津井は年齢的にも外見的にも立派な大人だ。自分より十も年上の男性である宇津井に、最初、雫はちょっと緊張しているようだった。初日の様子を見た限り、「宇津井さん、あっちのテーブルお願いできますか」などと柄にもなくしおらしい態度だった。人なつっこいあの子のことだからすぐに慣れるだろうと思ったけれど、宇津井は思いっきり人見知りするタイプだし、いまの彼の現状も考えると、そんな些細《ささい》なことでも心の負担になっているのじゃないかと、つい心配になってしまう。

だけど宇津井は、いやいや、と首を振った。

「ぜんぜん違うから。つうかそんなことまで心配してくれなくていいから。トルンカ、楽しいよ。すごい落ち着くもん。まあ本庄の家に厄介《やっかい》になってるって言ったら、雫ちゃんに変な勘違いされそうになって困ったけどね。おまえ、言ってなかったんだな」

「じゃあなに？　そんな態度とられて気にならないわけないじゃん」

「うーん、じゃあ言っちゃおうかな」

「だからなんなのよ」

私は焦《じ》れて訊ねた。

「居候《いそうろう》の身で言うのもなんだけどさ」

宇津井は実に心苦しそうに言った。

「洗面所に下着吊るして干しておくの、あれ、やめてもらっていい？　見ないようにしてもどうしても目に入っちゃうから」

「あ、ごめん！　気をつける」

私はすぐさま洗面所まで走って、干してあった下着を回収した。いまさら遅かったけれど。

冷や汗をかきつつ居間に戻ると、宇津井はこたつに入って、呑気にテレビを見ていた。

私もときどき見る深夜の人気バラエティがはじまったところだった。私がしずしずと対面に座ると、「おう、どこ行ってたんだ？　俺、一瞬記憶喪失になってたらしい」とおかしなことを言った。どうやら先ほどのやりとりをなかったことにしようとしてくれているらしい。そういうくだらない気の回し方は、昔とちっとも変わっていない。私は声をあげて笑ってしまった。

「なんか学生時代に戻ったみたいだな」

テレビがコマーシャルになると、宇津井が言った。

「そうだね」

友人だったころも恋人だったころも、彼のアパートでこんな夜を何度も私たちは過ごした。もうあのころにどんな話をしたのか、ほとんど思い出せない。ただ、その時間がどれだけ貴重だったたか、いまになれば痛いほどにわかる。

「悪くないよな」

「うん、悪くない」

「先のこととか考えると、不安だらけだけどさ、こんな夜があったっていいよな」

宇津井が自分自身に向かって話しかけるように言ったのが、印象的だった。

「うん、いいと思う」

私も彼の言葉に心から賛同した。

午後、花屋で働いていると、千代子ばあちゃんが姿を見せた。この時間は大抵トルンカで編み物をしているはずで、よみせ通りにあるこの花屋までやってくるのは珍しい。

相変わらず天気のよい日が続き、澄んだ青い空をいわし雲が気持ちよさそうに泳いでいた。店先に置かれた鮮やかな花たちが、風に小さく震えている。

〈バラは美しく咲くのではない、一生懸命咲いているから美しいのだ〉

喜劇王チャップリンが映画の中で放った言葉。誰に命じられたわけでなく健気《けなげ》に咲くその姿に、いつもはっと心打たれる思いがする。だから花屋で働くのは好きだ。子どものころからお世話になっているご夫婦が切り盛りしている店だから、すでに自分の庭みたいな感覚だ。千代子ばあちゃんがやってきたときも、私ひとりで店番を任されているところだった。

千代子ばあちゃんは、なぜか若干興奮しているようだった。早足でやってきて花屋の前で立ち止まると、ふうと胸をおさえて息をつく。

「どしたの、千代子ばあちゃん。そんなに急いで」

なにかよくないことでもあったのかと心配になったが、その顔は意外にもとても明るかった。

「絢子ちゃん、今日のお仕事、何時まで？」

千代子ばあちゃんは、挨拶もそこそこになぜか訊ねてきた。

「ん？　三時までだから、あと三十分で終わるけど？」

「そう。じゃあ終わったらトルンカにいらっしゃいな」

「わかったけど、どうして？」

千代子ばあちゃんは、ふふ、と少女みたいに可愛らしく笑った。

「内緒。でも来たらきっとびっくりするわよ」

そう言い残すと、すぐに来た道を戻っていってしまった。

不思議に思いながらも、仕事が終わると私はトルンカへと足を運んだ。

外から眺める限り、特に変わった様子はない。千代子ばあちゃんがなぜあんなにうれしそうだったのか、ほんとうにわからない。私は首を捻《ひね》りながら、ドアをそっと開けた。

カランコロン、とカウベルが小気味良い音を立て、迎えてくれる。店内に一歩、入る。でもやはり取り立てて変わった様子はない。そこは、いつものトルンカの光景だ。

千代子ばあちゃんは、やはりテーブル席で何事もなかったように編み物に興じている。

隣の席には常連である年配の夫婦。早番だった宇津井とはすれ違いになったようで、従業員はマスターのみ。レジの横のカウンター席には、これまたいつものように滝田のじいさん。そこから三つ席を空け、一番奥の止まり木に、短く刈り上げたごましお頭に渋い色のジャケット姿の中年男性——。

「あ」

無意識に声が出た。

「絢子か」

その人が、こちらにゆっくり顔をあげる。その顔に、たしかに見覚えがある。思わず叫んでしまった。

「ヒロさん！」

自分でもびっくりするほど大きな声が出た。

「わあ、久しぶり。え、いつ帰ってきたの？　なんでいるの？」

私はヒロさんのそばに駆け寄ると、夢中で訊ねた。

「ああ、まあ、最近な」

「そっかあ、よかった」

「そっちこそ元気にしていたか？」

「うん、このとおり」

相変わらずのぶっきらぼうな喋り方。目すら合わせてくれない。だけどそれも含めて間違いなく、ヒロさんだった。

ヒロさんこと、沼田《ぬまた》弘之《ひろゆき》さんは数ヶ月前、初夏のころにトルンカに毎日のようにやってきていた。私たちはどこか通じ合うものを感じ、親しくなった。子どものころに父親に出て行かれて以来、父というものを知らなかった私は、無意識に彼に父親の面影を求めていたのかもしれない。だからあとになってヒロさんが母の昔の恋人だったと知ったときは、なおさらびっくりした。でもそれを知ってすぐ、ヒロさんはこの街を出て行ってしまったのだった……。

ほんとうにうれしいときには、言葉など不要なものなのかもしれない。いつものような格言や諺は、ひとつも頭に浮かんでこなかった。ただ、うれしい。その一言につきた。

この数ヶ月、誰にも口に出すことはなかったけれど、私はヒロさんのことをずっと心配していた。二人で一緒にコーヒーを飲んだ穏やかな時間を思い出し、もう二度とここには戻ってきてくれないんじゃないか、どこか寒いところでひとりぼっちなんじゃないか、そんなことを考えてはひそかに胸を痛めていた。

そのヒロさんが、無事に帰ってきてくれた。ついさっきまではこんな展開、予想もしてなかったのに……。

すでにマスターが、二人分のコーヒーの準備をはじめてくれていた。

「絢子ちゃん、いまコーヒー淹れるから。沼田さんはいつものブレンドでいいですか？テーブル席に座って待っていてください」

二人で向かい合って座り、コーヒーができあがるのを待った。私が来ると千代子ばあちゃんに聞かされて、ヒロさんはコーヒーを注文するのを待っていてくれたらしい。

待ちながら、お互いの近況を少し話し合った。驚くことに、ヒロさんはずいぶん前にこの街にすでに引越してきてるのだという。住所からすると、ここから歩いて五分とかからない場所だ。

「じゃあこれからはまた、いつでもトルンカに来られるんだね」

「そうだな。まあ工場の仕事があるから、いつもとはいかんが。今日はたまたま非番でな」

いつの間にやら、すっかりこの街に根を下ろしているようだ。だったらもっと早く来てくれればよかったのに、という気もしたが、ヒロさんにも事情というものがあるのだろう。余計なことは詮索《せんさく》しないでおく。

「そっちこそ、ちゃんとメシは食ってるのか。少しやつれたんじゃないか」

逆に、私のほうが心配されてしまった。

「そうかな？　たしかにちょっと疲れ気味ではあるね。でもヒロさんにもこうして会えたおかげで今日はぐっすり眠れそうだよ」

「馬鹿を言うな」

千代子ばあちゃんが私たちのやりとりをひとつ隣の席から見守っていた。目が合うと、

「ほら、言ったとおりでしょう?」と言わんばかりに微笑んだ。なんとなく照れくさい。コーヒーが二つ、マスターによって運ばれてくる。待ちに待ったはずのコーヒー。だけど、ヒロさんはなかなか手をつけようとしなかった。慈しむように、真っ白いカップにじっと見入っていた。

カップから湯気が天井に向かってもわもわとあがっている。早々に灯ったランタンの明かりが真っ黒な表面に映りこみ、月のようにきらめいている。

ヒロさんが、久しぶりにマスターのコーヒーを飲む瞬間を見たい。はじめの一口を飲んだとき、一体どんな顔をするだろう。それはきっと、ヒロさんも待ち望んでいた瞬間に違いないのだ。だけど「そんなにジロジロ見ないでくれ」と言われてしまい、私は仕方なく意識だけを正面に集中し、そっぽを向いた。

ゆっくりと、カップを手にする気配。熱い液体をすすり、小さく喉《のど》が鳴る。

「ああ……」

低いため息が漏れるのを、私は聞き逃さなかった。それは体の奥から自然と出てしまったといった深いため息だった。聞いているほうまで心がほどけていくような、深い深いため息だった。

「立花さん――」

ヒロさんがカウンターの方へ顔を向け、声をかける。

「旨いよ」

たったそれだけの言葉なのに、そこにはどんな言葉より深い想いが込められているようだった。

「ありがとうございます」

マスターがそっと頭を下げた。

そんなにたくさんの言葉を交わさなくても、ただ一緒にカップを傾けているだけで温かな気持ちが胸に広がっていく。この空間に、自分が気持ちよく馴染んでいく。そして、今日のコーヒーはまた一段と沁みる気がした。体だけでなく、心にまで。一口飲むたびに、言葉では表せない喜びが積もっていく。

「今日はお得意の格言は出ないのか?」

ヒロさんは、ちょっぴり物足りなそうな顔をしていた。

「今日はやめておく。また今度ね」

私は笑って、カップに口をつけた。

窓の外がすっかり暗くなっても、私たちはどちらもなかなか席を立たなかった。

「なんかいいことでもあった?」

家に帰ると、玄関で宇津井に訊ねられた。なんかやけにうれしそうな顔してんな、と。

「うん、今日、会いたかった人に久しぶりに会えたんだ」

「ほほう。男か?」

宇津井はにやにやと意味ありげな顔をしていた。

「まあ、男ではあるけど、あんたが想像してるような関係じゃないよ」

「そりゃ失礼。ところでもう夕飯食った? 肉じゃが作ってみたんだけど、作りすぎちゃってさ。食べない?」

私は絶句した。宇津井が料理? 昔はパスタすら満足に茹《ゆ》でられなかった男が? 玄関まで迎えにくるなんて変だと思ったら、どうやら私が帰ってくるのをずっと待っていたらしい。

「そんな驚愕《きょうがく》することないだろ。暇だったから、料理本参考にしながら作ってみたんだよ。はじめてにしてはけっこううまくいったと思うよ」

よほど会心のできだったのか、宇津井は私の答えも待たずに台所に行き、鍋を温めなおしはじめた。こたつに入って待っていると、肉じゃがとご飯と味噌汁を置いて、「さあ、召し上がれ」とどこぞのシェフのように気取って言う。ファーストフード店でカフェオレに砂糖を四杯入れていた姿が脳裏に浮かんできたが、お醤油がよくきいていそうな甘辛い匂いに釣られて、箸を伸ばした。

「あれ」

「なに?」

「すごく美味しい」

私が言うと、宇津井の顔が途端にぱあっと輝いた。

「だよな? だよな? 俺の味覚がおかしいわけじゃないよな?」

「うん、ちゃんと美味しいよ」

じゃがいもとにんじんもほろほろだ。しっかり味も染みている。白米がたまらなくほしくなる味だ。私はもう一口食べてから、温かいご飯をかきこんだ。

「けっこう味覚、戻ってきた気がしてたんだよ。試しに料理でも作ってみっかあって思ったら、楽しくなっちゃってさあ。で、日ごろ世話になってる礼に本庄にもと思ってね」

宇津井は子どもみたいにはしゃいで言った。悪い予感がして台所に目をやると、シンクの中に汚れたままの鍋や皿が山盛りになっている。呆れると、「まあ、気にすんなよ」と気軽に言う。その無邪気な笑顔を見ていたら、責める気も失《う》せてしまった。

よかった。宇津井が笑っていて。彼が笑顔でいるだけで、こっちまで救われた気持ちになる。

　ご飯のおかわりまでして、私は肉じゃがをきれいに平らげた。今日のヒロさんの気持ちがちょっとわかった。誰かに期待のこもった目で見られながら食べたり飲んだりするのは、けっこう恥ずかしく、「ジロジロ見るな」と言いたくもなる。

　食後にお茶を淹れ、一緒に飲んでいると、

「なあ、ところでイーゼルとキャンバスってこの家にある？」

　宇津井が唐突にそんなことを訊ねてきた。

「もちろんあるよ」

「貸してくんないかな？　油絵の具は持ってきてるけど、肝心のそっちを持ってなくて。なにしろ学生時代以来、まったく使ってないから」

「いいけど、宇津井、絵、また描くの？」

　おう、と宇津井が一切の迷いなく答えた。

「ずっと描いてなかったけど、なんかいまさらになって、それってすごいもったいない気がしてきちゃってさ」

「へえ、そっかあ」

　それを聞いて、宇津井は大丈夫に違いない、と思った。私には想像もつかない辛い経験をして、だけど彼はそこからこうして絵を描きたいと思えるほどにまで立ち直った。

宇津井、かっこいいじゃん、すごいじゃん。

彼がとてもまぶしく見えた。むしろ十八歳で知り合ったころよりも、若々しく輝いている気さえする。はじめて大学の講堂で見かけたとき、「ああ、この人はいい絵を描きそうだ」と直感的に思った記憶がよみがえる。あのときよりも、いまなら彼はもっといい絵を描きそうだ。いや、描くだろう。

「ほら、俺、そこそこセンスあったろ」

「そういうこと、自分で言うかねえ」

私が呆れた振りをすると、宇津井が弾んだ声を出した。

「まあ、趣味としてやるってだけだよ。俺にはおまえみたいに職業にする根性はない。でも描きたいって気持ちを、思っただけで終わらせたら悲しいから。いま人生で一番、素直に絵を描きたいなって思えたんだ」

宇津井がまぶしすぎて、見つめていられなくなる。絵というのは、本来いまの彼のような気持ちで描かれるものなんじゃないか。強い想いが根底にあってこそ、絵は描かれる意味がある。

翻って、私はどうだろう？　いつの間にか一番基本の気持ちを忘れて、ただ描くことに執着してやしないか。仕事だからと言い訳して、大切なものを見失っているんじゃないだろうか。

　自分のために絵を描かなくなって、一体どのくらいになるだろう。

　いまの自分の絵を、宇津井に見せられないな。不意に、思った。いや、見られたくない。いまの自分の絵を、彼に見てほしくない。この程度のものだ、と失望されたくない。目の前にいるこの人にだけは、がっかりされたくない。

「どうかした？」

　不審そうな顔で訊ねられ、私は慌てて首を振った。

「う、ううん、なんでも。私もイーゼルもキャンバスもぜんぜん使ってないからさ。いくらでも使ってよ」

「ああ、イラストの仕事じゃアブラはやる機会ないもんな」

　アブラ、というのは油絵の意味だ。油絵学科の私も宇津井も、いつも油絵の具のあの独特の匂いを体中からぷんぷんさせてキャンパスを歩いていた。

「うん、まあね」

　気持ちが急速に萎《しほ》んできて、真綿を詰め込まれでもしたみたいに胸がとても苦しくなる。

　私、宇津井を助けた気になって調子に乗っていたんだろうか。彼が病気だと知って、なにかしてあげなくちゃって。そういう気分に浸りたかったんじゃないか。だけど、私が手を差し伸べたりしないでも、宇津井は自分でちゃんと立ち上がれる人間だ。私がしているのは、彼のためでなく、自分のためでは？　この家でひとりでさみしいからって、都合よく利用してただけじゃないの？

だけど宇津井はちっとも気にする様子もなく、それどころか今日のように私に感謝して料理まで作って待っていてくれる。

途端にいたたまれなくなった。目の前にいる宇津井の顔がまともに見られない。

ごめんね、宇津井。

私は心の中で何度も謝った。

困った。

あれから、ちっとも筆が乗らない。自分が描いているものがただ陳腐に思えて、気持ちがどうやっても入らない。いままでの前向きだった自分が急に影を潜め、思い悩んでばかりいる。油断すると、手を止めてぼんやり宙に見入ってばかりいる。

あの夜、宇津井と交わした会話。宇津井をうらやましいと感じ、自分を恥ずかしく思った。あのときの気持ちが消えてくれない。胸をえぐられたような空虚さが日ごとに大きくなって、私に重くのしかかる。

なにも変わったことなどないのだ。課せられた仕事をひとつひとつ丁寧にこなしていけばいい。何度も自分にそう言い聞かせた。はなから自分が芸術をやっていると大層なことを思ってなどいない。私がやっているのは、あらかじめ消費されるのを運命付けられた、ただの商業用のイラストだ。そんなの最初からわかっていたはずじゃないか。

だけど、だめだった。

いままで当たり前にできていたことができない。自分がいまどっちの足を出しているか、などと意識して歩く人は世の中にいないはず。なのに突然、その歩くという当然の行為ができなくなってしまった気分だった。

どっちの足を出すんだっけ？　右足？　左足？　腕はどんな風に振ればいい？

どれが正解なのかが、わからない。

無意識にできていたことが急にできなくなったとき、人はどうすればいいんだろう？

それでも、与えられた仕事はこなさなければいけない。机に向かう時間をいつもの倍にしてどうにか描きあげた。見た目はいままで描いたものと、なにも変わっていない。変わってしまったのは、私の意識だ。

〈自分の道を進む人は、誰でも英雄〉

『車輪の下』などの小説で知られるヘルマン・ヘッセは、そんな力強い名言を遺している。自分をそんな言葉で励ましていたのが、遠い昔のようだ。自分の進むべき道なんて、ほんの些細なきっかけでわからなくなるんだ。そのときは、どうしたらいいんだろう。

疲れ果て、いつも以上にふらふらした足取りで編集部に赴いた。例のアルバイト情報誌に掲載する絵だ。

編集部のあるビルに入る。エレベーターに乗っている間も、首と背中がひどく重だるく、壁に寄りかかっていないと立っていられない。前から悩まされていた症状だけれど、ここ数日で確実に悪化した。

とにかくイラストを渡し、次号の打ち合わせを済ませて家に帰ろう。

ところが、

「本庄さんは今回で終わりということになりましたんで」

担当である井沢さんが突然、切り出した。

「え？」

いきなりすぎて、意味がわからなかった。

「うん？」

「え、終わりって、この仕事が、ですか？」

「はい。やっぱりどうも雑誌と本庄さんの絵柄がしっくりこなくてねえ。キラキラのかわいい子を描いてって何度も僕、言いましたよね。ま、そういうことなんで八ヶ月間、お疲れさまでした」

井沢さんが会話を切り上げるように、一方的に頭を下げた。

編集部を後にする足が、鉛のように重たかった。契約していたといっても、所詮《しょせん》は口約束だ。特に期限が決まっていたわけでもなく、同じようなことはほかの仕事先でもけっこうあった。この仕事もたぶん担当者の顔色から、遅かれ早かれそういう日が来るとは半ば覚悟していた。たとえ切られてしまっても、ほかにもまだイラストの仕事は一応ある。それなのに、いまの自分にはものすごくこたえた。生まれてはじめて、ショックで体がわなわなと震えた。冬の冷たい風が鋭く体に突き刺さった。

「おかえり」

家に帰ると、宇津井が出迎えてくれた。今日も早番だったから、また新しい料理に挑戦したらしい。

「手作り餃子《ぎょうざ》なんだけど、本庄も食べる？」

「ごめん、今日は食欲ないや」

それだけ言って宇津井の横を素通りして、自分の部屋に閉じこもった。風邪でも引いたのかと心配した宇津井が夜遅くに部屋をノックしてきたけど、返事をする気力もなかった。

残されたわずかな仕事に、一心不乱に取り組んだ。近所のスーパーのチラシ、知り合いの雑貨屋のフリーペーパー。どれも気楽に取り組めるもののはずだったけど、一向に調子は上がらなかった。

なにが悪いのか、やればやるほどわからなくなる。絵を描くことがちっとも楽しくならない。

そして私はある日、倒れた。

昼前のトルンカで、作業に没頭しているときだった。いまは何時だろう、と壁の振り子時計を確認しようとして顔をあげたら、背中に尋常じゃない鋭い痛みが走って、息ができなくなった。手に力が入らなくなって、ペンがするっと右手から勝手に抜け落ちた。

「絢子ちゃん?」

ソファに突っ伏す私を見て、異変に気がついたマスターがカウンターから飛んできた。だけど私は痛みに声もあげられず、それどころか目まで霞《かす》んできて、いまにも意識を失いそうだった。

「宇津井君、救急車呼んで！」

マスターが叫ぶのが、ずっと遠くで聞こえた。

宇津井が「はい！」と大きく応じる声。ばたばたと慌しい足音が続く。

救急車なんて大げさな。少し休んだらよくなる。だいたい、この狭い路地に一体どうやって救急車を呼び込むっていうんだろう。そんなことを考えながら、私はとうとう意識を失った。


気がついたときには、すでに病院にいた。いまだ朦朧《もうろう》とした頭で軽い診察を受け、過労というごくありふれた診断を下された。肩と背中が激しく痛むのは、極度の緊張とストレスからくるもの。ごくありふれた症状だが、長いことほったらかしにしていたせいで、かなり悪化しているらしい。バカだ、トルンカでもみんなにさんざん忠告されていたのに。

処置室にて点滴を打ってもらっているあいだに、また眠ってしまったようだ。

起きたら、寝台の脇のパイプ椅子に宇津井が窮屈そうに座って、私を見ていた。

「宇津井、ずっといてくれたの？」

そういえば、救急車で運ばれる際も、宇津井がそばについていてくれてた気がする。

「ずっとって言っても、病院に来てまだ二時間くらいだよ。大変だったんだぞ、トルンカから救急車までおまえを抱えて運ぶの」

「え？　うそ？」

「おまえって軽そうに見えて、実はけっこう重いのな」

「迷惑かけて、ごめん……」

私が謝ると、宇津井がいきなりぶふっと吹き出した。

「うそだよ、救急隊員が担架で商店街に横付けした救急車まで運んでくれたよ。どこが悪いかわからないのに、動かしたら却って危ないかもしれないじゃん。まあ、すまないと思うんなら休めよ。マスターからもそう言い付かってる」

「うん……」

時刻を確認しようと、わずかに上半身を動かしただけで背中に激痛が走る。私はたまらず呻《うめ》き声をあげた。

「痛そうだな。もうちょっとしたら、看護師さんも戻ってくるからそれまでちゃんと寝てろ。おまえ、途中からいびきかいてたから、笑われてたぞ。付き添ってる俺が恥ずかしかったわ」

顔から火が出る思いとは、このことだ。昼間の平穏な商店街に救急車が駆けつけてきて、買い物中だった人々をさぞかし驚かしてしまったことだろう。おまけにぐうぐういびきをかいて寝入ってしまうとは……。想像して悶絶《もんぜつ》しそうになる。

「なんにせよ、ただの過労でよかったよ」

さっきまでのふざけた調子と明らかに違うトーンの声には、実感がこもっていた。どこか、悲しそうな声だった。

「休めよ、本庄。俺みたいになっちまったら、どうすんだよ」

「だけど……」

宇津井がやれやれと小さく肩をすくめた。

「前から訊きたかったんだけど、なにがおまえをそんなに必死にさせてるんだ？　余計なお世話だと思って黙ってたけど、さすがに見過ごせないよ」

「描きたい絵が描けない。苦しい」

私は、ぽつりとそれだけ言った。

言いながら、私はずっと自分をごまかしていたんだな、とやっと気づいた。もう何年間も、母が病気で長くないとわかったころから、初心を忘れてしまっていた。認められたい、大きな仕事をして母を驚かせたいとばかり考えていた。なにもしてあげられず、わがままばかりで生きてきたから、せめてもの恩返しに、と。母が死んでしまってからは、ますます追い立てられるように必死になった。

どんな小さなものでもいいから、形にしたい。ただそればかり考えていた。孤独やさみしさに気づかなくてもいいよう。

私は持っていなかったのだ。宇津井のように、素直に自分の現状を受け止めて生きていく勇気を。だから再会した日、「病気になって、少しはやさしい人間になれた」と晴れやかに笑う彼が、ひたすらまぶしかった。その強さが、うらやましかった。

そういう思いを隣でパイプ椅子に窮屈そうに座る宇津井に、伝えたかった。だけどどんな言葉で伝えれば、それが伝わるかわからない。どんなにたくさんの格言を知っていても、それらは所詮、借り物の言葉。ヒロさんと再会したときと同じく、大切な人に大切なことを伝えたいときには、なんの役にも立ちはしない。

突然、勢いよく扉が開いて、私も宇津井もビクリと目を向けた。看護師さんが戻ってきたのかと思ったら、違った。雫だった。制服姿で、後ろに浩太を従えて息を切らせて処置室に飛び込んできた。

「絢子ねえちゃん！」

雫が大声で私を呼びながら、駆け寄ってくる。いまにもその瞳から涙があふれてしまいそうで、私は息を飲んだ。

「大丈夫、どうしたの、どこが悪いの？」

切迫した声が狭い部屋に響き渡る。学校から帰ってきたら、私が倒れたとマスターに聞かされ、ほかはなにも聞かずに飛び出してきたらしい。

「大丈夫だよ、ただの過労だって」

宇津井が私の代わりに答えた。

「そうなんだ、よかった……」

雫はほっとしたように大きく息を吐き、崩れるように床にしゃがみこんだ。

「なんだよ、ビビらせんなよなあ」

後ろの浩太がしれっと言う。だけど雫と一緒に走ってきたのか、少し息が乱れていた。

ああ、私はバカだ。この子たちにこんな顔をさせてしまうなんて。失う悲しみを知っているのは、自分だけじゃないのに。大切な人をなくして傷ついている人たちが周りにたくさんいるのに。自分よりもずっと若くて繊細な子たちを、私の勝手な事情で心配させてしまった。

「びっくりさせてごめんね、雫。でも大丈夫だから」

私は雫の頭に手を置いて、心の底から謝った。

あれは今年の夏だったか、ひどく落ち込んでいた様子の雫に、「自分らしさを忘れちゃいけない。焦っちゃいけない」と諭したことがあった。でも私なんかが偉そうなこと、言えた義理じゃない。いっそ、いまの自分にそのまま言ってやりたい。

「ううん。絢子ねえちゃんが倒れたって聞いて、わたし、頭真っ白になっちゃって……。でもよかった、無事でほっとした」

「浩太もごめん」

雫の小さな頭を撫《な》でながら声をかけたら、

「なにが？　俺はあんまり雫が騒ぐから、面白半分でついてきただけだよ」

こいつは相変わらずちっとも素直じゃない。宇津井がそんな私たち三人を見ながら、

「おまえ、愛されてんな」と笑った。「でも当分、休養が必要だな」

「今日から一週間は絶対安静。ウッちゃん、見張り、よろしくね」

雫の言うウッちゃんとは誰だと思ったら、宇津井のことだ。予想通り、もうすっかり馴染んでいる。

「任せといて」

扉が開き、今度こそ看護師さんがやってきて、騒がしいですよ、と注意されてしまった。

宇津井がタクシーを呼んでくれ、私たちは病院をあとにした。

数日間、ひたすら安静の日々が続いた。雫の厳命がなくとも、背中が痛すぎて歩くこと

も満足にできなかった。二つだけあったイラストの仕事は描きあがっていたものをメールで送ったし、花屋のバイトはしばらくお休みをもらった。クリスマスを目前にしてただでさえ忙しい時期なのに、申し訳ない。でも私は台所の冷蔵庫のそばに行くのでさえ、しゃくとり虫みたく移動しなきゃならない状態だった。

「うわ、気持ちわりい」

うつ伏せのまま、足を伸び縮みさせながら冷蔵庫までやってくる私を見て、宇津井が悲鳴をあげた。

「しょうがないじゃん、これが一番楽なんだから」

「なんか必要なら言えばいいじゃん。なんのための同居人だ」

「じゃあミネラルウォーターとって」

「はいよ」

手渡されたペットボトルを寝転がったままで、ごくごく飲む。清々《すがすが》しい冷たさが体を巡っていくのが気持ちいい。

「器用だなあ」

「ほかに選択肢がないんだもん」

私がふてくされているのを無視して、宇津井は「じゃあ、俺買い物行ってくるけど大人しくしてろよ」と風邪の子どもに言い聞かせる口調で言い、家を出ていった。

そう、ほかに選択肢がないので、こうして一日を過ごしているだけ。だけど、なぜか焦りはない。ここ二週間近く続いていた、常に雨雲が頭の中を渦巻いているどんよりした気分が消えている。なんにも解決していないのに、妙にリラックスした気分で、ぼんやり冬の低い空などを眺めたりしながら過ごしている。

おかしな話だけど、倒れたときに自分の中でずっと燻《くすぶ》っていたものが、憑《つ》き物が落ちてしまったみたい。心を厚く覆っていた皮が脱皮するようにべろっと一枚はがれて、新鮮な自分に生まれ変わった気分。

とうに限界を迎えていた体が、そうすることで私に教えてくれようとしてたんじゃないか。そんな気さえした。

宇津井が以前、ふとした会話の中で口にしていたことを思い出す。

「体ってのは、素直なんだよ。悲鳴を上げて、俺たちに必死に教えようとしてくれてるんだ。それに気づかない振りして騙《だま》し騙し生活してると、あとで痛いしっぺ返しがくる」

その通りだ、と思う。

当たり前だけど、心と体はきっちり繋がっていて、どちらかをおろそかにしているとあとで必ず反動がくる。その当たり前さを忘れて生きていて、あとで後悔するのはほかでもない、自分自身だ。

皮肉なことに、私はそれでやっと自分とゆっくり向き合う機会を得た。

空って青いんだなあ……。

寝転んだまま、ガラス戸の向こうに広がる空を、長いことぼんやり眺めた。

お昼すぎの空は、淡い水色のグラデーションをつくり、綿菓子のような雲がゆっくり形を変えながら流れていく。雲間から太陽が顔を出したり引っ込めたりするたび、庭に光が満ちたり薄暗くなったりする。いくら見ていても、見飽きることがない。

ストーブのぬくぬくした温かさに包まれて空を見ていたら、そのまま眠ってしまったらしく、目が覚めたときには体に毛布がかかっていた。

庭に目を向けると、梅の木のそばに宇津井の姿があった。私が寝こけているあいだに買い物もとっくに済ませ、イーゼルに向かっている。最近は時間があれば、そうやって庭に出て絵を描いているのだ。

ガラス越しに、油絵の具をのせた筆をキャンバスに走らせるダウンジャケットの背中が見える。背筋をピンと正して立つ後ろ姿が、凜々しく、静謐さすら感じられる。寒さなんてものともしないように、揺るぎないなにかがそこにはあった。

やっぱり憧《あこが》れちゃうな。

ガラス一枚隔てた背中を見つめて、思う。

はじめて会ったときから、宇津井はずっと私の憧れだった。あの背中に追いつきたいと、いつもひそかに思っていた。そこには羨望《せんぼう》や嫉妬ももちろんあったけど、だけど中心にははっきり尊敬の念があった。

彼との様々な思い出が浮かんできて、胸の奥が、じいんと熱くなる。十八から二十歳までの一番多感だった時期を、共に過ごした人。恋とか愛とか、すっぱり割り切れるような確かな感覚だけではない、もっと深くいろんな感情が入り混じった気持ちで、宇津井のことを好きだとあらためて思う。

それは、この街やトルンカを好きだと思っているのと同じくらい自然に、私の心の中に確固として存在する感情だった。

なにやら奇妙な衝動に突き動かされるように、私は上半身を起こすと、ガラス戸をそっと開けた。

「ねえねえ、宇津井」

彼がゆっくり振り返る。

「お、起きたのか」

「私もさ、よくなったら一緒に絵、描いていいかな」

「え？　そりゃいいけど。大丈夫なのか？」

「うん、描きたい」

宇津井の隣に並んで描きたいんだ、とはさすがに恥ずかしくて言えなかった。


今年のお正月は、ほんとうの意味での寝正月だった。背中の痛みはだいぶよくなっていたけれど、宇津井や雫の監視の目から逃れるのは至難の業だった。トルンカも三が日は休みだったから、私たちは宇津井がレンタルショップで大量に借りてきてくれたＤＶＤを観ておとなしく過ごした。トルンカに撮影に来た春日井照彦監督が以前に撮った映画も、何本か観た。どれも面白かった。雫と浩太はもう新作も試写を観せてもらったらしい。私も公開した折には劇場に観に行こう。

商店街の正月ムードも過ぎ去ったころ、やっと普通に生活を送れるようになった。病院で処方された痛み止めも、もう必要なくなった。

私は花屋のバイトに復帰し、時間があれば、約束どおり宇津井と庭に出て絵を描いた。雪だるまみたいにもこもこに着ぶくれし、白い息を吐きながら、二人並んで描いた。お互い、ほとんどなにも喋らずに。

なんにも縛られず、誰の意見も気にせずに、筆を走らせるのはなんて楽しく、心躍ることなのだろう。自由に描けばいい。へたくそでも、自分の好きに描けばいいんだ。そう思いながら、キャンバスに向かうのは一体何年ぶりだろう。まるで口笛を吹きながら、気持ちのよい丘を歩いているかのよう。庭の裸になった梅の木を描いているだけでも、心が弾んで、あっという間に時間が過ぎる。

私よりずっと先にはじめた宇津井は、こちらが下塗りを終わらせた時点で二枚を仕上げて、もう三枚目のデッサンにとりかかっている。でも焦る必要はない。私は私のペースで進めればいい。

ひと月近くも、そうして暇さえあれば庭に出ていた。

「なあ、本庄さんよ」

ある日、宇津井がキャンバスに視線を向けたまま、珍しく話しかけてきた。今日で仕上げちゃおう。宇津井の存在もすっかり忘れて集中していた私は、筆を止めて彼を見た。

「なんだね、宇津井君」

「俺たちが別れたのってなんでだか覚えてる？」

まったく予想もしていなかった問いだった。私はわかりやすくうろたえてしまった。

「え、い、いきなりなに？　お互い友だちの方が楽だって思ったからでしょ」

「まあ一応そういうことになってるよな」

宇津井はそう言うと、でも、とこっちを見た。

「俺さ、ほんとはおまえといると悔しかったんだよ。劣等感ってやつだな。おまえはすごいいい絵を描くし、人間的にも魅力的で、器がでかい。なんか一緒にいると、自分が小さく思えて、俺なんかじゃこいつと釣り合わないって落ち込んじゃってさ。要はあのとき、俺は逃げたんだよ」

いまだから打ち明けられるけど。宇津井は最後にそう付け加えて、バツが悪そうに頭をかいた。

「なによ、それ？」

突然、そんな告白をされたって、唖然《あぜん》とするしかない。

「そんなおっかない顔しないでくれよ。あのころは自分の小ささを認められなかったけど、病気のあとに自分を受け入れられるようになって、そしたら自然に他人も認められるようになった。だから、いまは違うよ。本庄ってすげえなって素直に思う」

バカじゃないの？　私はつぶやき、俯いた。

「私だっておんなじこと思ってたよ。宇津井は気分屋なところもあったけど、才能もあるし、周囲にも流されないで己を貫きとおして、こういうタイプには自分は絶対敵わないなって。それがときどきしんどかった。だから逃げたんだよ」

「マジで？　ぜんぜん知らんかった。俺だけの勝手な都合だって思ってた。友だちに戻れなかったのだって、その後ろめたさがあったからだし」

「それもおんなじだよ」

私の言葉に宇津井が目を丸くする。

「おいおい、衝撃の事実だな」

ほんとにその通りだ。

あれから七年。いまごろになって、お互いが考えていたことを知るとは夢にも思わなかった。

泣き出したいのと、声をあげて笑いたいのと、真逆の色を混ぜ合わせたみたいな気持ちに襲われる。いまさら知ったって遅い、という気持ちと、いま、このタイミングで知ることができてよかったという気持ち。

だけど、自分の存在がちゃんと彼の心に根付いていたことだけは確かだった。

私の中に宇津井がいつもいるのと同じくらい、宇津井の中にも私はいた。

それはとてつもなく、うれしいことだ。

「なんか俺も本庄も相当、カッコ悪いな。でもきっと、誰だってそうやって知らないとこでいろいろ足掻《あが》いてるんだろうな。俺たちだっていまだにやっぱり足掻いてるし。でもそれだって生きてるからこそ、できることだよな」

宇津井は軽やかに笑った。

「そう思うとさ、生きてるって素晴らしいって思わない？」

ああ、この人は自分の言葉をちゃんと紡いでいる。

〈生きてるって素晴らしい〉か。そんな風に、私も心から思える日が来るといい。借り物の言葉じゃなくて、私自身が実感して、口にできる日が。

宇津井のそのときの笑顔と言葉を、私はしっかり胸に刻み込んだ。


その日の夕方に、私の絵は完成した。

いいや、完成なんてまるでしていない。まだまだ、いくらだって手を入れられる。私が描きたかったものは、もっともっと美しいものだったはず。だけど、いまはこれでいいと思った。これがいまの私だ。

――旅に出よう。

日暮れが迫る庭に立ち、絵を眺めていたら不意にそんな考えが浮かんだ。

――旅に出て、もっといろんな世界を見てこよう。

私には圧倒的に経験が足りない。経験しなければいけないことが、まだまだたくさんある。もっと世界に触れて、その手触りを肌で感じたい。

見たいもの、触れたいもの、感じてみたいもの。私の知らないものがこの世界には、星の数ほどもあふれている。いろんな格言や諺を頭にためこんで知った気になっていたけれど、私はなにも知らないじゃないか。だけど知らないことは、恥ずかしいことじゃない。

これから知っていけばいいのだ。

そうして、いつかそれらを絵にしよう。

突然、自分の目の前で道が開かれていくような気持ちがした。誰の人生にも旅立ちの季節というものがあるのなら、私にとってそれは、きっといまだ。

どこまで行けるだろう、いまの私はどのくらい遠くに行けるだろう。

「ねえ、宇津井。百二十万あったら、どのくらいの国をまわれるもんかな」

「は？　いきなりなんの話だ？」

隣で宇津井が眉間に皺をよせる。

「それがいまの私の全財産なのよ」

「さあねえ。バックパック背負いながら安宿めぐりすればけっこう行けるんじゃないの？　俺の知り合いで、三ヶ月三十万でヨーロッパからアジアまで縦断してきた猛者《もさ》がいるよ」

「へえ、それはすごい！」

ひとり興奮する私に、ますます困惑顔になる。

「なに、おまえ、旅に出るとか青春ぽいこと言い出しちゃうわけ？」

西の空を中心に、燃えるような茜《あかね》色の夕焼けが広がっていた。夕日に染まった宇津井に向かって、私はにかっと笑ってみせた。


「そうか」

自分の決意を一番に伝えたのは、ヒロさんだった。母がこの世にいないいま、最初に伝えるべきは、ヒロさん以外にありえなかった。

ヒロさんは、いつものようにぶっきらぼうに頷いて、コーヒーをすすった。続きがあるに違いないと待っていても、それ以上口を開く気はないらしい。押し黙って、さも旨そうにコーヒーカップを傾けている。

「あれ、それだけ？」

こちらは人生における一大決心を伝えたというのに、あまりにそっけない。プチ旅行にでも行くだけくらいに勘違いしてるんだろうか。

「ヒロさん、わかってる？　私、べつに日帰り温泉に行くとかそういうこと言ってるんじゃないんだよ。一年くらい、ことによるともっと長いあいだ、ひとり旅に出るって意味だよ」

「なんだ、止めてほしいのか」

ヒロさんがたちまち呆れたような顔をして言った。

「いや、そうじゃないけど……」

そうではないけど、でももっと心配されたり、引き止められたり、そういうドラマティックな展開がちょっとくらいあるかな、と思っていた。せっかくこうしてまたトルンカで会えるようになったところなのに。ヒロさんにとっては、それほど喜ばしいことでもなかったんだろうか。それはそれで少しさみしい。

「俺が止めたくらいでやめてしまうのか？　その程度の覚悟なのか？」

頭の中で、パチン、となにかが繋がる。前にもどこかで似たようなことがあった。

旅に出る、と一大決心を告げたら、思いのほかあっさりあしらわれて……。そしてその人が言ったんだ、「私が止めたくらいで思いとどまるような決心なの」と。ああ、そうか、夢だ。夢の中で母が言ったのだ。

「違うよ」

私はヒロさんの目をしっかり見つめて言った。違うよ、お母さん。私、決めたんだよ。自分で考えて、決めたんだよ。いまならば、はっきり言える。

「一年や二年、人生で数えれば大した月日じゃない。人にはそういう時期があってもいいさ」

私がしっかり頷くと、ヒロさんが微笑んだ。数ヶ月前には見せたことのなかった、とても穏やかでやさしい笑顔だった。

「俺からひとつ、格言をやろう」

ヒロさんがカップをソーサーにそっと置いた。

「え？」

「〈再会とは、人生における一番身近な奇跡である〉。本庄絢子という俺の友人が、教えてくれた言葉だ」

そう言って、静かに微笑む。

ヒロさん、覚えていてくれたんだ……。別れの日に私が贈った言葉。ミルクたっぷりのコーヒーを私は飲む。温かな光が胸に灯った。

「いい言葉だね」

思わず、笑みがこぼれた。

「ああ、とてもいい言葉だ」

トルンカのみんなには、出発日が確定してから伝えた。

その前に話してしまったら、決心が鈍ってしまいそうな気がして。

最初の目的地はカナダに決めた。深い考えがあったわけじゃない。飛行機のチケットがわりと安かったし、治安もよさそうだし、自然もあれば大きな都市もあるし、英語も通じる（私のつたない英語が通じればだけど）。次、どうするかは決めていない。そのまま陸路でアメリカに行くのもありだし、思い切ってアジアに飛ぶのもいい。要するに出たとこ勝負だ。

トルンカの面々の反応は、それぞれの人柄が滲《にじ》み出ていた。マスターはいつもの渋い声で「気をつけて」と短いエールをくれ、雫はしつこく理由を問いただしてきた。千代子ばあちゃんは「あら、それはまた素敵ねえ」と微笑み、浩太は「ちくしょう、先を越された」となぜか悔しそう。

ほかにもいろんな反応があったけど、誰もが私の旅立ちを喜び、いなくなることをさみしがってくれた。修一君の旅立ちのときは、私もそちら側で同じ気持ちを味わったから、なんだか余計、しんみりしてしまう。

みんなが私との別れを惜しんでくれるたびに、自分はとんでもなく愚かな選択をしようとしているんじゃないだろうか、と疑問を抱きそうになった。みんなのもとを、慣れ親しんだこの場所を、この街を、離れる。どうしてそんな馬鹿げたことを考えたんだろうと、気持ちが萎んでいく。泣きたくなる。

でも私は、自分で決断したのだ。どんなに別れが辛くとも、それを変える気はない。ヒロさんが言ったように、永遠の別れなんかじゃない。またちゃんと会える日がくる。そう思っていれば、大丈夫。

家は、宇津井が引き続き住んでくれることになった。よそに行きたくなったらいつでも引越してくれてかまわないと言ってあるが、「気に入っちゃったし当分いさせてもらう」とのことだった。私も宇津井が住んでくれているほうが、空き家にしておくよりずっと安心だ。

「くれぐれも無理はしないようにな」

「わかってる。女一人旅だしね、そのへんはさすがに気をつけるよ」

「なんかあったら、すぐ連絡すんだぞ」

宇津井にはさんざん念を押された。そうやって心配は大いにしてはくれるものの、特に別れを惜しむ様子はちっともない。

とはいえ、宇津井にまでしんみりされてしまったら、胸の奥でこらえているさみしさがどっとあふれてきて、私は泣き出してしまうだろう。それはやっぱり避けたい。宇津井の変わらない態度はありがたかった。

春の気配が街にわずかばかり感じられるようになったころ、旅立ちの日を迎えた。胸ポケットにはバンクーバー行きの片道切符。私でも背負えるようにと吟味して選んだ普通より小さめのバックパックは、それでもまだかなり余裕がある。この先、私はここになにを詰めていくだろう。

成田空港まで、宇津井がついてきてくれることになった。必要ないと断ったのに、荷物持ちくらいさせろよ、と押し切られてしまった。

朝の八時を過ぎたばかりの商店街は、まだシャッターの閉まっている店も多く、ひっそりしていた。昨夜はずっと雨が降っていていまも曇り空だが、天気予報では午後から晴れるとのことだ。

静かな商店街を通って、駅を目指す。

「ちょっと寄り道していかない？」

宇津井が急に立ち止まったので、何事かと思った。そのまま有無を言わせずに細い路地に入っていってしまう。

「ちょっと、宇津井」

私は慌ててその後ろ姿を追った。飛行機の時間まではまだだいぶ時間はあるものの、出発前から寄り道なんて絶対間違ってる。しかもこの路地の先にあるのは、トルンカだけだ。朝早いこの時間は、まだ営業もしていないはずだ。

　でも路地の終点に来て、はっとした。当たり前のように、トルンカの窓に明かりが灯っていたのだ。

「あれ？」

　先を歩いていた宇津井が、俺はなんも知らないぜ、と涼しい顔であらぬ方向を見ている。やられた。荷物持ちなんて、おかしいと思った。あれは、ただの口実。最初から私をここに連れてくる段取りが組まれていたのだ。

「やってくれるじゃん……」

　呆然と立ち尽くす私の背中を宇津井が、ほら、と押してくる。おそるおそるドアを開けると、果たしてそこにはみんなの姿があった。

　マスターに、雫。千代子ばあちゃんに滝田のじいさん、浩太、修一君、千夏さん。そして、ヒロさん。

　店の中にはすでにコーヒーの香りが満ちていた。淹れ立ての、心安らぐやわらかな香り。

「本日の主役のお出ましだ」

　浩太が叫び、雫がカップを乗せたトレイを持って、順番に渡していく。

「ウッちゃん、お疲れ。ベストなタイミングだったよ」

「いやあ、こいつ、すごい勢いで駅に向かって歩いてくから冷や冷やしたよ」

宇津井がカップを受け取りながら、笑う。

「さ、絢子ねえちゃん」

雫が持つトレイには白いカップがひとつ、残っている。表面でミルクが渦を巻くコーヒー。私の分だ。

「なんかわたし、子どもみたいにさんざんごねて困らせちゃったけど、ちゃんと送り出そうって決めたの」

「あんな恥ずかしい思いを僕だけがするなんてずるいですよ。絢子さんにもしっかり味わってもらわなきゃ」

修一君が言うと、みんなが笑った。

「ほら、飛行機に乗り遅れたら大変だよ」

雫にカップを差し出されて、私はやっと受け取る。大切な宝物を手にするように、そっと両手で包み込む。手のひらにじんわりと温かさが伝わってきて、こらえていた感情がこみあげてくる。こんなの反則だ。不意打ちなんて、卑怯《ひきょう》だ。みんな、ずるいよ。

「絢子、気をつけて行ってこい」

ヒロさんの言葉に、マスターが続いた。

「絢子ちゃん、君が無事帰ってくるのをみんな祈ってるよ。また、君に会えるのをみんな、楽しみにしてる」

それでは、乾杯！

九つのカップが私に向けて、掲げられる。

この先、なにが私を待ちうけていても、今日という日を思い出せば、絶対に大丈夫。これから先、どんなに人生に迷うときがあっても、辛いことや悲しいことが訪れても、いま、この瞬間の光景を思い出せば、なんだって乗り越えられる。

心からそう思った。

カップに口をつけたみんなが、ふう、と小さなため息を漏らす。私はみんなの満足げな顔を心に焼き付ける。

「泣くやつがあるか」

ヒロさんが、やさしく言う。

「泣くわけないでしょ……」

旅立ちの朝のコーヒーは、やけにしょっぱかった。

解説

渡部豪太（俳優）

「立花《たちばな》マスターの淹《い》れるハンドドリップコーヒーはさぞや美味《おい》しいのだろうな」

口いっぱいに広がるコーヒーの香りを想像しながら、僕はコーヒーと自分自身の関わりについて考えていました。

朝食はパン派の母と、ご飯派の父がいる我が家の冷蔵庫には紙パックの無糖コーヒーがいつも鎮座していました。このまっくろな液体を美味しそうに飲む両親の影響で、高校生の頃から毎朝ブラックコーヒーを飲んでいました。

最初は苦くて「なんじゃこりゃ」な飲み物も、こんな歳でブラックをのんでいる大人な自分、に酔いながら少しずつコーヒーが好きになっていき、一人暮らしを始めた時には自分でハンドドリップコーヒーを毎朝飲むほど欠かせないものになっていました。

二十歳《はたち》で上京後、迎えた最初の冬。

当時の事務所が青山にあり、仕事終わりに原宿を通って渋谷まで歩いて帰るのが好きでした。「きっとこれから自分には素敵なことがたくさん起きる！」キラキラした想いで、大都市東京を全身で感じると同時に、行き交う人々の雑踏の中、一人を感じる都会の孤独に真冬の風が一層冷たく感じていました。

そんな時、裏原宿の通りに面して煌々《こうこう》と輝く一軒のカフェを見つけたのです。店頭の大きなエスプレッソマシンからは蒸気機関車のように湯気がたっており、ハットに口ひげの渋いマスターが手慣れた様子でエスプレッソを淹れていました。お客さんたちと和気あいあいと話をしながらも、両手が常に美しく動き続けている。

小さな店内には近所の美容室に勤めるおしゃれで、雑誌のストリートスナップからそのまま飛びだしてきたようなお兄さんお姉さんや、たばこをくゆらせながらカップを片手に談笑しているこれまたおしゃれなおじさんたちがおり、「なんか外国みたいだな」と思いました。僕は暖かそうな店内の雰囲気とコーヒーの香りに吸い寄せられカフェラテを注文しました。

「これがシアトルスタイルのラテです」と言ってマスターはカップを運んでくれました。

海沿いのシアトルでは海から上がった漁師たちの冷えた体を温めるためにラテのミルクが熱めに提供されるのだそう。優しくて刺激的なその飲み物で僕の心と体はすっかり温まり、火照《ほて》った僕は気が付くとマスターに向かって役者を目指して上京してきたことなどを宣言するかのように話していました。まるでそれは自分自身に言い聞かせるかのようでもありました。

「ここのお客さんは面白い人が多いよ、君も頑張ってね」マスターは優しく微笑《ほほえ》みながら僕の拙《つたな》い誓詞《せいし》を受け止めてくれました。ここが僕にとっての「トルンカ」だったんだなとこの文章を書きながら改めて思いました。

この小説の登場人物は皆、立花マスターの淹れるハンドドリップコーヒーへの愛に溢《あふ》れています。そして彼の淹れる温かくて香り高い飲み物が中心となってこの物語は紡《つむ》がれています。純喫茶「トルンカ」における何気ない日常。その周りにドラマは勝手に生まれては一つずつ消えていく。時には誰にも知られぬうちに。この儚《はかな》さが、登場人物達へ感情移入してしまう要因なのでしょう。

「午後のショパン」はトルンカで耳にした音楽によって千代子《ちよこ》ばあちゃんの心が激しく波打ち、読み手は時代を越えた彼女の過去を覗《のぞ》き見する刺激的体験をするのですが、実は彼女は普段通りの日々を送っているだけなのです。しかし二十年前に始めた「トルンカに行く」という日課が、信じられない奇跡をもたらし、彼女の何気ない日常に新たな光をもたらします。しかし僕は、千代子ばあちゃんがトルンカを訪れたことこそが「奇跡」なのだと思いました。

「シェード・ツリーの憂鬱」の浩太《こうた》の心の機微がとても好きです。たった一人との出会いが見慣れた街の景色を変え、更に自分自身を変えてしまう力をもって存在するということ。そしてそこに自ら飛び込んでいった彼の刹那的な感覚。少し成長した浩太が雫《しずく》とこれからどういう時間を互いに重ねていくのか。

僕は、彼の甘酸っぱい日々と自分の学生時代を重ねながら、親戚のオジサンのような気持ちになってしまいます。もし自分が喫茶店のマスターになったら、彼のような青年の変化を楽しみながら店をやれるのかもしれない。好きな音楽とコーヒーを楽しみながら常連さんたちとの日々を謳歌する人生とは素晴らしいものだろう！　などと夢想してしまいました。


僕は「ふるカフェ系ハルさんの休日」という番組で、伝統建築を感じられる安らぎの古民家カフェを求めて旅をする人物を演じています。

２０１５年から始まったこの番組は、現在7年続いており、そのおかげで、全国津々浦々１００軒以上の古民家カフェを取材し、その地域ならではの特徴をもった伝統建築物を訪ねることが出来ました。今では、全国に散らばる自分の港のように、旅先などでも「あ、あそこに行くんだったら、あのふるカフェに行ってみようかな」と立ち寄るスポットになっています。

そんな中でも何度か訪れたのは、千葉にある合掌《がっしょう》造りの古民家カフェです。その立派な建物は昔飛騨《ひだ》にあり、ダム建設で取り壊しになるはずだったものを白川郷《しらかわごう》の職人さん達がどうしても残したいと、町おこしの目的ではるばる千葉へ移築し、今はカフェとして活用しているのだと聞きました。

ここにも素敵なマスターがいて、マニアともいうべきコーヒー愛と太陽のような人柄で出迎えてくれます。「地元のお客様や他方から見えるお客様とこうして時間を過ごせるのもこの建物があるお陰です」ご自身も元々東京出身で、様々なご縁があってここでカフェをやっていらっしゃる。マスターの周りには、同じく他県からこの町に惹《ひ》かれてやってきた人、地元の方々など、色々な方がカフェを中心に集まってきています。そうして支えてくださる人々に常に感謝の気持ちをもたれている謙虚な姿がとても印象的でした。原宿のカフェも然り、ひとつ筋が通ったこだわりのあるマスターがいるお店というのに、僕は惹かれる気がします。こだわりのある人が作り出す空間と、そこに集う人々が作り出す空気を感じながら、ゆっくりコーヒーを味わうのが好きです。

この番組を通して、職人の知識と経験、技術の粋《すい》が詰まった建物を今に活《い》かしたカフェを訪れる度に僕が感じていることがあります。

遠い昔にその建物を建てた人、そこにある希少性や文化的価値を感じ守ってきた人、そしてその建物を活用し新たな光を灯《とも》す人。この組み合わせだけでもすごいのですが、その上に必要不可欠なのが、「そこに集うお客さん」なのです。沢山の人の想いがそこにあり、交わっているからこそ、ひと際ドラマティックな空間が成り立っているのだと思いました。

ふるカフェも人が人を呼び、人が集う。トルンカも人が集う場所。

「建物や喫茶店がそこにあるのは、当たり前じゃない。人の想いが呼び起こす奇跡なのだ」ということを感じます。

二〇二二年　十一月

この作品は2015年2月刊行の『純喫茶トルンカ　しあわせの香り』（徳間文庫）の新装版です。

なお、本作品はフィクションであり実在の個人・団体などとは一切関係がありません。

徳間文庫

純喫茶トルンカ

しあわせの香《かお》り

〈新装版〉

2023年1月15日 初刷
2024年10月5日 3刷

著者 八《や》木《ぎ》沢《さわ》里《さと》志《し》
発行者 小宮英行
発行所 株式会社徳間書店
東京都品川区上大崎三－一－一 〒141－8202
目黒セントラルスクエア
電話 編集〇三(五四〇三)四三四九
販売〇四九(二九三)五五二一
振替 〇〇一四〇－〇－四四三九二
印刷 製本 株式会社広済堂ネクスト

ISBN978-4-19-894815-3 （乱丁、落丁本はお取りかえいたします）